Un si bel enfer

Louis Émond

Un si bel enfer

roman

ÉDITIONS PIERRE TISSEYRE
5757, rue Cypihot — Saint-Laurent, H4S 1X4

La publication de cet ouvrage a été rendue possible grâce aux subventions du Conseil des Arts du Canada et du ministère des Affaires culturelles du Québec

Dépôt légal: 2ᵉ trimestre 1993
Bibliothèque nationale du Canada
Bibliothèque nationale du Québec

Données de catalogage avant publication (Canada)

Émond, Louis, 1957-

Un si bel enfer

(Collection Conquêtes ; 35)
pour les jeunes.

ISBN 2-89051-516-8

I. Titre. II. Collection.

PS8559.M65S52 1993   jC843' .54   C93-096515-9
PS9559.M65S52 1993
PZ23 .E56Si 1993

Maquette de la couverture :
Le Groupe Flexidée

Illustration de la couverture :
Jocelyne Bouchard

2345678IML987654
10 714

Il y en a qui appellent ça «grain de folie»,
d'autres parlent aussi d'«étincelle sacrée».
Il est parfois difficile
de distinguer l'un de l'autre.
Mais si tu aimes vraiment quelqu'un ou quelque chose,
donne-lui tout ce que tu as et même tout ce que tu es,
et ne t'occupe pas du reste...

Romain Gary
Les cerfs-volants

Remerciements

À mon ami, le docteur Dominique Trempe, pour les nombreux appels téléphoniques et les heures passées devant mon écran à nettoyer les «passages médicaux», ainsi qu'au docteur Mario Payette.
À Robert et Marie-Josée, pour la documentation essentielle;
À Joane, pour les petits trucs de pros;
À Jacinthe et à Johanne qui ont un jour extirpé mon manuscrit des limbes informatiques où il était retenu prisonnier;
À mon Pépé, qui a souvent le mot juste;
Et à ma Chantal, bien sûr, pour l'indéfectible appui.

À ma mère, Cérès,
sans qui, tout ça…

1

Et voilà!

Encore une fois, rien ne va plus!

Ses jambes sont molles, comme si tout le sang s'en était retiré d'un coup.

Son cœur.

Son cœur veut à tout prix sortir de sa poitrine et elle est certaine qu'il va y parvenir d'ici dix ou quinze secondes.

Ses mains.

Ses mains ne se rappellent plus ce qu'elles doivent aller chercher dans l'assiette. Alors elles demeurent suspendues, avec couteau et fourchette, en attente de nouvelles instructions. Quant à sa tête — la pauvre! — elle a du mal à contrôler jambes, cœur et mains, trop occupée à orienter ses yeux vers... *Lui!*

Car *Il* vient d'entrer.

Et Sa Seule Présence suffit pour que Joëlle ensevelisse le reste de la cafétéria dans un linceul d'indifférence. Et Simon avec. Simon qui, assis à côté d'elle, lui raconte ses exploits de la veille, au championnat de fléchettes. Simon qui, encore et toujours, tente désespérément d'ouvrir une brèche dans l'univers de sa copine afin d'y pénétrer et d'y installer ses rêves.

— Quand j'ai vu qu'on était vingt-quatre au départ, je me suis dit: «Pas de panique, mon Simon! Pas de panique! C'est toi le meilleur!» Remporter ce championnat comptait tellement pour moi. Pour le prix de deux cents dollars, bien sûr, mais aussi...

Le jeune garçon baisse la tête, hésite un moment puis termine:

— ..mais **surtout** pour Philippe. Tu te souviens?

Joëlle sursaute. Elle regarde Simon avec la surprise de quelqu'un qui vient de se rendre compte qu'on lui parlait.

— Quoi «Philippe»? Qu'est-ce qu'il a «Philippe»? demande-t-elle sur la défensive.

— J'ai dit que c'était surtout pour Philippe, répond Simon.

— Qu'est-ce qui était surtout pour Philippe?

Le jeune homme pose sur son amie un regard chargé de tristesse avant de jeter le reste de son pain dans son bol à soupe vide. «Elle n'a rien écouté, se dit-il. Je me demande parfois ce que je gagne à perdre mon temps avec cette fille qui...»

— Ah oui! Ton tournoi! C'est gentil Simon, répond Joëlle avec mélancolie. Je suis sûre que Philippe l'apprécierait.

Elle lui caresse délicatement le dos de la main. Rasséréné, Simon reprend le fil de son récit. Il mime avec force détails ses envois, ses coups chanceux. Il décrit par le menu la précision de ses tirs, l'impact de la fléchette venue se ficher dans la cible, presque toujours au centre. Mais Joëlle a de nouveau cessé d'être attentive. Simon est remis en sourdine.

Avec l'infaillibilité de l'aiguille d'une boussole, le regard de la jeune fille, sa pensée et tout son être dérivent vers la table qui se trouve au fond de la cafétéria. Et vers le garçon qui y a pris place. Un grand garçon, aux cheveux châtain clair, aux yeux sombres, et toujours affichant cet air grave et méditatif. Qui est-Il? Comment se fait-il qu'elle ne L'ait remarqué que cette semaine? Et pourquoi est-Il toujours seul?

Chaque fois qu'elle le voit, Joëlle se pose les mêmes questions. Que devrait-elle faire? Rester sagement assise ou monter à l'assaut? Étrange. Il est si beau. Mais d'une beauté qui ne frappe pas. Loin de là. C'est autre chose. Comme une énigme. Tellement intriguante qu'elle séduit par les seules questions qu'elle suscite. Que fait-Il en ce moment?

Elle s'étire le cou afin de voir par-dessus l'épaule de l'étudiante qui s'est assise devant elle. Il mange et Il lit. Quoi? Un petit sous-marin. Et une énorme brique. Sans doute un livre génial dont Joëlle n'arriverait pas à terminer le premier chapitre. Un de ces romans presque sans dialogue, avec trois ou quatre cents personnages aux noms plus difficiles à retenir les uns que les autres, aux situations philosophiques inextricables et alambiquées, et rempli de mots compliqués tels qu'*alambiqué* et *inextricable*.

Joëlle pousse un profond soupir et mord dans sa pointe de pizza froide. Elle préfère lire des choses plus simples qui lui donnent des sensations fortes comme les livres de la série *Chair de poule*. Beaucoup d'action et de dialogues, une bonne dose de grosse peur bleue et, bien entendu, une fin heureuse. Bref, pas du tout le genre de bouquin profond et complexe dont le garçon de la table du fond semble faire son bonheur.

«Sans doute un intellectuel, se dit la jeune fille avec un mélange d'admiration et de mépris. Quelqu'un pour qui le monde ne recèle déjà plus de secrets. Qui parle devant tous avec assurance et détachement et qui a cessé de vouloir convaincre parce que lui-même convaincu. En deux mots, quelqu'un qui ne voudra jamais perdre son temps à lever ne serait-ce qu'un œil sur une fille comme moi.»

De toute évidence et malgré sa force de caractère, quand elle est en présence d'un Étranger, Joëlle souffre d'un complexe d'infériorité. Elle se croit toujours moins intelligente et moins intéressante que le Nouveau Venu. Mais une fois dissipées les nuées du mystère et après avoir constaté que le Jeune Inconnu aurait dû le rester, elle retrouve son assurance, lui ôte ses majuscules et met inévitablement fin à la relation dans les quinze jours. Il en a été ainsi avec tous les garçons qu'elle a fréquentés.

Tous, sauf Philippe.

Philippe avait toujours réussi à garder voilée une grande part de sa vie. Une ambiance de secret et d'hermétisme planait perpétuellement autour de sa personne. Non par calcul, mais parce qu'il était comme ça. Obstinément fermé. Une huître.

Il consentait à vous laisser aller en lui jusqu'à un certain point. Fouiller ses motivations, interroger ses attitudes au-delà de cette limite et vous risquiez de vous heurter brutalement à un mur de silence dans le meilleur des cas. Car il savait être dur, voire méchant, quand il jugeait qu'on s'immisçait un peu trop dans ce qu'il appelait son *infrastructure*.

La langue de Philippe pouvait devenir un sabre et vous estropier l'âme en moins de deux. Simon lui-même avait eu à en pâtir à plusieurs reprises. Et pourtant, Philippe et lui étaient les plus grands amis du monde. Sans doute ne concevaient-ils pas l'amitié de la même façon. Sans doute n'était-ce pas nécessaire non plus. Qui sait? Qui veut savoir?

Surtout pas Simon. Il n'a jamais été du genre à analyser longuement les choses. Ce qu'il n'arrive pas à comprendre grâce à son intuition, il cesse tout bonnement de s'en soucier.

Or, en ce moment, l'intuition du jeune homme s'acharne à comprendre pourquoi Philippe lui manque aussi cruellement aujourd'hui. Il lui semble que son absence est plus lourde que d'habitude.

Il engloutit le reste d'une abominable goulash hongroise dont la couleur de la sauce à elle seule couperait l'appétit à une armée d'Éthiopiens affamés.

Est-ce à cause du tournoi d'hier soir? Joëlle? Philippe? Il se sent le cœur tout petit, serré dans une clef à molette. Quelle est la connexion?

Les fléchettes.

Combien de parties dans le sous-sol chez Joëlle?

«Il faut développer la force de ton œil maître, ajuster l'angle de déviation». Philippe et ses conseils.

«Sens le poids du dard, porte-le!»

Des centaines de parties. Peut-être plus.

Joëlle qui l'encourage.

Philippe qui se fait battre maintenant. Le prof déclassé par l'élève. Philippe, le roi déchu, riant quand même.

Joëlle. Joëlle qui l'embrasse. Puis Philippe.

Philippe, Joëlle, Simon: l'Inséparable trio. Rigolant ensemble, mangeant ensemble, faisant de la bicyclette ensemble, allant au cinéma ensemble, étudiant ensemble, réussissant ensemble, coulant ensemble, faisant les quatre cents coups — et ayant même pris leur premier coup! — ensemble.

Bien sûr, durant les moments d'intime tendresse entre Philippe et Joëlle, ces moments où la bouche servait à autre chose que parler, Simon avait la pénible impression de ne plus être à sa place.

Une rondelle d'oignon dans un jus d'orange.

Mais il détournait alors le regard avec pudeur et faisait semblant de s'intéresser à une fissure dans le trottoir, à une chiure de pigeon sur le capot d'une voiture, ou encore au dernier champignon d'une pizza.

Autrement, tout se passait à trois.

Puis un jour, la rupture. Le drame qu'on ne peut évoquer: le trio devient duo. Et désormais, rien ne sera plus jamais pareil. Simon sait tout ça. Depuis le jour fatidique. Hier encore, il l'a ressenti, lors du fameux tournoi dont il est sorti victorieux. Il l'a ressenti aussi, il y a quinze jours, quand il a regardé *Pump up the volume*, leur film préféré à tous les trois, et qu'il a revu le passage qui avait tant ému Philippe.

Cet instant où l'animateur de radio pirate parle au téléphone avec un jeune auditeur désespéré. Celui-ci lui fait part, tant bien que mal, de son intention d'en finir avec la vie. Réaction identique de l'animateur et de Philippe: incrédulité et repli sur soi. Et la suite si bouleversante.

Le jeune qui passe aux actes. L'animateur qui perd un peu la boule. Philippe alors se mure, genoux repliés, bras autour des jambes et yeux fermés pour essayer de retenir ses larmes. Ça, c'est Philippe. Ne rien donner. Surtout quand ça pénètre aussi fort, aussi loin. Mais la lumière de la télé fait tout de même luire deux lignes humides sur ses joues.

Simon s'était mordu la lèvre en revoyant ce passage.

Mais ça n'a rien à voir avec ce qu'il ressent aujourd'hui, assis à cette table. Convive devenu silencieux dînant avec Joëlle qui ne le regarde pas. Au fait, qu'observe-t-elle avec tant d'insistance?

Et c'est en suivant son regard que Simon comprend tout!

Le cœur serré, le «coup de poing» dans l'abdomen, la respiration difficile, ses mains tremblantes, le jeune garçon contemple en ce moment un spectacle qu'il a longtemps redouté.

Tant que Philippe était là, jamais il n'aurait osé un geste ou même une pensée concernant Joëlle. Mais maintenant que son grand ami n'y était plus, la voie était libre, qu'on le veuille ou non. Et Simon espérait, sans vraiment se l'admettre, que l'amitié entre la jeune fille et lui prendrait éventuellement une autre tournure. Une tournure plus amoureuse. Ça s'était déjà vu.

Surtout que, depuis des mois, Joëlle ne voulait ni voir ni entendre parler d'aucun autre garçon. Gabriel Thibault, fils de l'avocat Thibault, petit-fils du docteur Thibault et grand ami du frère de Joëlle,

Antoine, avait tenté par tous les moyens de l'intéresser à lui. Rien à faire. Elle ne sortait qu'avec Simon, ne se confiait qu'à lui, passant de longues soirées, la tête sur son épaule, à lui raconter tel ou tel moment de cette époque si proche où Philippe était encore là. Elle disait qu'elle remettait les choses en place. Simon, radieux, ne demandait pas mieux. Gabriel Thibault définitivement évincé, il attendait son tour. Il attendait un signe.

Mais quand il a surpris avec quelle intensité elle fixait la table du Jeune Inconnu, il a compris que ce signe ne viendra jamais. Il s'est rendu compte qu'il s'était nourri tout ce temps de la promesse d'événements qui n'auront pas lieu. Il devra toujours passer son tour.

Car jamais elle n'a eu pour lui ce scintillement dans le regard. Même dans leurs moments de plus grande tendresse. Jamais il n'a vu danser dans ses yeux autant d'indicibles et inquiétantes petites flammes, comme si les fragments d'un feu d'artifice étaient venus s'y perdre. Et cette rougeur aux joues, et cet air distrait et absorbé, jamais il ne les lui avait vus. Jusqu'à son épaisse chevelure blonde qui se met de la partie et qui illumine le reste de son visage!

Voilà donc ce qui clochait!

Ce n'était pas l'absence de Philippe qui lui aiguillonnait les tripes, mais l'absence de Philippe ET de Joëlle. Car aujourd'hui, Joëlle a pris congé de Simon. Elle est tout entière soumise à sa fascination pour ce garçon qui vient d'arriver à la polyvalente. Or, Simon en est convaincu, le reste de la famille suivra fatalement: *papa-passion*, *mam-engouement* et la *tante-acule* sans oublier l'inévitable *ne-veu-pu-voir-personne-d'autre-que-lui*.

Dégoûté, amer, Simon termine son dessert avec autant d'appétit qu'un enfant qui achèverait son huitième navet bouilli. Puis il se lève, va porter son plateau et n'entend même pas Valérie et Geneviève qui accourent en appelant Joëlle. Il dépose nonchalamment ses ustensiles et son couvert sur le comptoir de service et se retourne.

Joëlle ne s'est pas aperçue de son départ.

Frappant la porte de sa main ouverte, il sort de la cafétéria au moment où les deux jeunes filles claironnent à pleins poumons:

— Y'a un autre cas! Y'a un autre cas qui s'est déclaré! C'est Sébastien Blanchard!

— L'ex-ami de Patricia? demande Joëlle, interdite.

Un petit attroupement se forme immédiatement autour des trois jeunes filles.

— Oui, s'écrie Valérie qui a une voix un peu difficile à supporter en temps normal, mais qui devient carrément déplaisante quand elle crie. Il paraît que ça lui a pris pas longtemps après son cours d'info! Viens-t-en!

— Où ça?

— Au troisième, répond Geneviève. À l'infirmerie. C'est là qu'il a été transporté.

— Pauvre Sébas! Comment ça a commencé? demande Joëlle en se levant.

Elle jette un dernier regard vers la table du fond, celle du Bel Inconnu. Plus personne. Ce n'est pas encore aujourd'hui qu'on fera connaissance, soupire-t-elle.

— Ça a commencé comme les autres, reprend Valérie avec sa vilaine voix. Il s'est mis à se plaindre. Il disait qu'il ne savait pas ce qu'il avait, que la tête lui faisait mal et qu'il avait la nausée. Il se tenait le ventre à deux mains. Il disait toutes sortes d'affaires qui n'avaient pas de bon sens. Tout à coup, il a dégobillé partout!

— Ouache! Vraiment, Valérie! s'indigne Joëlle. Je viens de manger.

— Mais c'est toi qui me l'a demandé, se défend-elle. C'était à toi de ne pas le demander si tu ne voulais pas le savoir.

— Tu pourrais dire «vomir» au moins, lui suggère Geneviève.

— Parce que tu penses que si je dis «vomir» au lieu de «dégobiller», ça va l'empêcher de crever après six mois de coma! Hon! Excuse-moi, Joëlle. Je ne pensais plus que...

La jeune fille ramasse ses livres et laisse son plateau et son assiette presque pleine sur la table. Elle se dirige au pas de course vers la sortie de la cafétéria.

— Joëlle! Qu'est-ce que tu fais? Attends-nous!

Un autre cas! Encore un autre cas! Le cœur, les jambes, les bras, la tête, cette fois, tout est en déroute chez Joëlle. Mais elle parvient quand même à gravir à toute allure les marches de l'escalier.

Cet escalier qui mène à l'infirmerie.

Et vers le début d'une histoire qu'elle mettra du temps à oublier.

2

Il vient de terminer son chapitre et n'a pas envie d'entreprendre le suivant. Il garde néanmoins son livre ouvert, feignant l'extrême concentration. Car il sent que s'il lève la tête, cette fille aux cheveux blonds et au regard d'orage électrique cherchera une façon d'établir le contact. C'est ce qu'elle attend impatiemment. Or, c'est la dernière chose qu'Étienne Malouin souhaite en ce moment.

Depuis quelques jours, il a remarqué que, dès qu'elle le voit, elle stoppe les machines et s'accroche à son sillage. Elle repère où il se trouve, s'intéresse à ce qu'il mange ou à ce qu'il lit, et quitte un endroit à l'instant où il fait mine de s'en aller. Elle ne lui a jamais adressé la parole, cependant. Elle n'a même jamais osé l'approcher. Et pourtant, il a le sentiment qu'une émotion intense jaillit en elle dès qu'il apparaît.

Il se demande bien pourquoi tant de réserve, tant de timidité. Peut-être l'impressionne-t-il? Peut-être craint-elle les rebuffades? Enfin, peu importe ses raisons, il ne peut que se réjouir de la voir maintenir ses distances et espérer qu'il continuera à en être ainsi.

Non pas qu'il la trouve moche. Au contraire, c'est la première jeune fille dont il apprécie la beauté depuis fort longtemps. L'idée de se trouver en sa compagnie, loin de lui être déplaisante, fait naître sur son visage l'ombre d'un sourire. En outre, poser ses mains sur cette taille fine doit sûrement apporter sa part de contentement. D'autant plus qu'elle a de la trempe, ça se voit tout de suite.

«Hmmmmm! Après tout, quel mal y aurait-il à se faire des câlins durant quelques petites heures?

«Non! Non! Non! Ton travail passe en premier et rien ne doit t'en distraire. Du reste, dois-je te rappeler, Étienne Malouin, la promesse que tu t'es faite il y a quatre mois et deux semaines?

24

Jamais plus, jamais plus, jamais plus.
Que mon cœur prenne en feu
Et qu'on me crève les yeux,
Si je me laisse un jour
Égarer encore par l'amour!

«Tu te souviens de ce serment solennel et sacré? Oui? Alors fais-moi le plaisir d'oublier tes petites soirées de câlineries et de cajoleries, tes tailles fines et tes regards de tempête de neige et reprends le chemin de ton devoir. Tu as du boulot à faire ici! Pourquoi penses-tu que tu es venu t'installer dans cette petite ville bourgeoise et t'inscrire dans cette petite polyvalente? Pour passer ton D.E.S. peut-être? Allez! Au travail!»

S'attendant à voir Jimminy Criquet prendre appui sur son parapluie en plein centre de son assiette, Étienne lève prudemment la tête. Il constate avec soulagement que l'assiette est vide et que la table de la jeune beauté — désormais interdite — est entourée d'une dizaine d'étudiants. On y parle d'un nouveau cas.

L'occasion idéale pour filer à l'anglaise. Il quitte promptement le réfectoire pour se rendre au troisième étage, direction l'infirmerie.

Il se demande pourquoi il décide toujours d'obéir à la voix de sa conscience.

— Parce qu'un Grand Malade comme toi n'a pas d'autre choix, lui répond celle-ci.

○

Devant la porte de l'infirmerie, un petit groupe d'étudiants chuchotent. À les en croire, ils ont tous été témoins du malaise qui s'est emparé de Sébastien Blanchard et, bien que toutes leurs histoires soient très différentes, et même contradictoires, chacun d'eux prétend connaître l'authentique version des faits et la cause de ses vomissements. Il aurait goûté à un des précipités sur lesquels il travaillait dans le labo de chimie.

— Mais non, il se sentait comme ça depuis ce matin.

— Vous l'avez pas! Il a juste trop joué au Nintendo et ça a fini par lui monter à la tête!

— Pas du tout. C'est pas le Nintendo qui lui est monté à la tête, c'est son déjeuner à la cafétéria qui lui est tombé dans l'estomac!

Quelques rires viennent détendre un peu l'atmosphère.

— En tout cas, je trouve que ça ressemble beaucoup à ce qui est arrivé à Marcil, Pinsonneau et tous les autres, vous pensez pas?

Silence.

Un rai de lumière grandissant émane de l'infirmerie et balaie le sombre couloir où discutent les étudiants. On vient enfin d'ouvrir la porte.

— Allons-y, se dit Étienne. Remettons-nous au travail.

3

L'infirmier, un colosse faisant plus de six pieds, se tient debout dans l'embrasure de la porte. L'expression de son visage et son ton ne laissent planer aucun doute: il n'a pas l'intention de laisser entrer quiconque.

— C'est mon ami! crie une voix. J'ai le droit de le voir!

«Le droit, pense l'infirmier. Les jeunes d'aujourd'hui n'ont que ce mot-là à la bouche: le **droit**. Ils ont le **droit**.»

— Peut-être bien, répond-il. Mais moi j'ai des devoirs envers lui et sa famille de même qu'envers vous et vos familles. En l'occurrence, vous protéger en vous empêchant d'entrer.

— Pourquoi? demande une jeune étudiante qui triture nerveusement le coin de son cartable.

— Parce qu'on ignore la cause de son... de son indigestion et qu'en l'occurrence, on ne veut pas prendre de chance avec la possibilité d'une contagion.

— Lui avez-vous donné des médicaments? demande Valérie.

— En l'occurrence, non.

L'infirmier est ce genre de personne qui prend en affection un mot ou une expression et qui l'utilise à satiété, continuellement, à tort et à travers, sans vergogne, à gauche et à droite, à midi et à deux heures et ce, jusqu'à ce qu'il en apprenne une autre.

Longtemps, il s'est servi — au point d'en faire une véritable *overdose* — de l'expression «en quelque part». Chaque maladie, chaque sentiment ou chaque réaction se situait invariablement «en quelque part». Avant ça, c'était «fugace». Tout était «fugace», du mercure d'un thermomètre aux décisions de la direction, du goût de la soupe aux pois au fonctionnement d'un calorifère, «fugace», toujours «fugace». Et il y en a eu d'autres. La dernière en liste est en l'occurrence, «en l'occurrence».

— Est-ce que c'est grave, Gérard? demande à son tour Joëlle. Est-ce que c'est comme *les autres*?

Gérard, l'infirmier, tourne vers la jeune fille un regard inquiet que vient souligner une paire de lunettes rondes à monture en corne noire. Sa voix se fait plus douce.

— Nous n'en sommes pas certains, répond-il, cherchant désespérément le moyen de glisser quelque part, un petit et fugace «en l'occurrence». Écoutez, on fait de notre mieux. En ce moment, il dort. Ses parents ont été avisés et la polyclinique «Les Hespérides» a envoyé une ambulance à leur demande.

Il jette un œil par la fenêtre du couloir et annonce:

— La voilà justement qui arrive, en l'occurrence!

— Ça y est! lance une voix de baryton. Il s'en va rejoindre les autres! Si ça continue comme ça, tous les jeunes de la place vont se retrouver là!

— Méchant party! ironise un autre garçon.

— Ouais! reprend le garçon à la voix grave. Un party de bière à six planches, de légumes crus et de viandes froides à volonté, gracieuseté du docteur Thibault.

Quelques rires mal à l'aise fusent de l'assemblée de jeunes.

Le garçon à la voix de baryton n'a néanmoins pas l'occasion de profiter longtemps des effets de son humour corrosif. Une paire de mains puissantes l'a saisi au col et l'a appuyé contre le mur sans ménagement.

— Tu vas t'excuser tout de suite! dit celui qui le maintient rivé au mur tel un papillon sur la planche d'un entomologiste.

— Excuse, Gaby! répond l'autre de sa voix devenue soprano. Je disais juste ça pour plaisanter. Je ne voulais pas manquer de respect à ton grand-père.

— Mon grand-père fait tout ce qu'il peut pour ces jeunes-là! murmure Gabriel entre ses dents. Tâche de t'en rappeler. S'il existe quelqu'un dans la région et même au pays qui puisse un jour les sauver, c'est sûrement lui!

Tout gonflé d'orgueil, Gabriel Thibault libère l'imprudent impudent et quitte l'assemblée, engoncé dans la fierté que sa tirade vient de lui procurer. Avec l'air de celui qui l'a échappé belle, le garçon à la voix de baryton tourne les talons et disparaît dans le couloir menant au laboratoire de chimie. Imitant les deux protagonistes, le petit groupe se disperse tranquillement.

Quant à Gérard l'infirmier, voyant que l'escarmouche n'ira pas plus loin, il réintègre ses locaux et Joëlle reste là, les mains dans les poches de son jean, à examiner les lacets de ses *Reeboks*. Petite réaction typique de macho... C'est bien Gabriel Thibault! se dit-elle.

— Hé! Joëlle! demande Geneviève. Le connais-tu le gars qui s'en va là-bas?

La jeune fille lève la tête et entrevoit le Bel Inconnu de la cafétéria. Cette fois, c'est plus fort qu'elle, elle doit lui parler.

— EH! euh... YOUHOU!

Elle se sent un peu stupide. De quoi va-t-elle lui parler? De ce nouveau cas, évidemment. Bonne façon d'entamer la conversation. Mais comment fait-on pour appeler quelqu'un dont on ne sait pas le prénom? Le garçon ignore — ou feint d'ignorer — que c'est à lui qu'elle s'adresse. Il se dirige presque avec nonchalance vers l'escalier au bout du corridor.

— EH! TOI LÀ-BAS! insiste Joëlle. EEEEEH! JE TE PARLE!

Il monte l'escalier sans se préoccuper de cette voix qui l'interpelle. Mais sa façon de gravir les marches deux à deux contraste étrangement avec sa nonchalance d'il y a quelques instants.

— Quel garçon bizarre! s'étonne Geneviève. Si vous voulez mon avis, c'est un snob. Vous avez vu comment il est habillé?

— Jolène Sirois l'a dans trois de ses cours, poursuit Valérie, celle qui a la voix de crécelle. Elle dit qu'il écoute à peine le prof, qu'il ne prend presque pas de notes et que la moitié du temps, il ne vient pas aux cours. C'est bizarre ça, non?

— Très bizarre! Tenez-moi ça! dit Joëlle, de plus en plus intriguée.

Leur ayant tendu son cartable et son livre de math, elle détale en direction de l'escalier qu'a emprunté Étienne quelques secondes auparavant. S'ils avaient couru contre elle, Ben Johnson, Bruny Surin et même Gilles Villeneuve seraient encore sur la ligne de départ, pantelants, au moment où Joëlle aurait atteint le quatrième et dernier étage de l'édifice.

Vide! Personne dans l'allée principale.

Les pas précipités de la jeune fille résonnent dans le couloir. Ses espadrilles neuves émettent une espèce de couinement agaçant.

TJOUIC! TJOUIC! TJOUIC!

«Où est-il passé? Pourquoi se sauve-t-il de moi?»

TJOUIC! TJOUIC! TJOUIC!

«Il ne peut pas ne pas m'avoir entendu l'appeler. Il savait que c'était à lui que je m'adressais et il a choisi de ne pas me répondre. C'est *quoi* ce gars-là?»

TJOUIC! TJOUIC! TJOUIC!

«Et pourquoi est-ce qu'il me fuit? Pourquoi fuit-il tout le monde? Que vient-il faire ici? Qu'est-ce qui l'intéressait tant dans le cas de Sébastien Blanchard? Il ne le connaissait même pas, je gage.

Ah! Tous ces locaux! Y'a trop de locaux dans les écoles! Où est-il allé?»

TJOUIC! TJOUIC! TJ...

«Ah! Et puis les TJOUIC! TJOUIC! TJOUIC!, ça va faire! Vous m'empêchez de réfléchir!

«Bon. Inutile de continuer à le chercher. Il doit être dans une salle de cours et je ne peux tout de même pas déranger chaque prof de l'étage.»

tjouic. tjouic. tjouic.

«Mais la prochaine fois que je le vois, je compte bien lui poser une ou deux questions. Il m'impressionne un peu, c'est vrai. Mais il est temps que je passe par-dessus ça.»

tjouic. tjouic. tjouic.

«J'y pense! J'ai un cours qui commence, moi aussi. Méthodo avec Michel Méthot. Beurk!»

En quelques «tjouic-tjouic», la jeune fille rebrousse chemin et dépasse un couloir transversal.

Soudain, elle s'arrête.

Elle a cru apercevoir sur sa gauche, un mouvement dans l'ombre. Elle s'approche d'une vieille armoire de métal rouillé dont la peinture lève par galettes comme la peau après un coup de soleil. Elle tend la main vers la porte et l'ouvre brusquement.

Personne! Elle aurait pourtant juré que...

Elle se sent un peu nouille. Qu'il ne veuille pas lui parler, d'accord. Mais irait-il jusqu'à se cacher dans un vieux casier afin de l'éviter? Tout de même! Ce serait ridicule. Il n'a pas huit ans! Riant un peu de sa sottise et trop heureuse de ne pas avoir été vue, Joëlle descend en toute hâte retrouver ses deux copines.

Or, glissé dans l'interstice **derrière** le vieux casier abandonné, Étienne pousse un soupir de soulagement. Mais il le sent, ce n'est que partie remise. Cette jeune fille ne lâchera pas prise facilement. Elle est du genre acharné.

Et pourtant, elle ne doit pas faire sa connaissance.

Oh! il en aurait certes envie. Il n'est pas, en dépit de tout, immunisé totalement contre les charmes féminins. Et celle-ci a une façon de marcher qui éveille en lui un désir qu'il croyait profondément endormi. Et quand elle s'est approchée du casier, le parfum subtil qui émanait d'elle lui a fait fermer les yeux quelques instants. Son imagination l'a alors emmené faire un grand tour.

Mais il ne faut pas céder. Personne — absolument personne! — ne doit faire attention à lui, ne doit savoir qu'il existe. Au début, oui. C'était normal, il était nouveau. Mais maintenant, il faut se fondre dans le décor. Agir discrètement. Libre de toute attache et donc exempt de toute explication.

La réussite de la tâche qu'il doit entreprendre en dépend.

4

Simon fixe le clavier de l'ordinateur, l'air absent. Il essaie pourtant de se concentrer. Mais le didacticiel sur la simulation du comportement d'un gaz a sur lui un effet soporifique. Et les flammes des becs Bunsen qui sont à l'écran cèdent régulièrement leur place au doux visage de Joëlle. Comment a-t-il pu un instant espérer qu'elle s'éprenne de lui?

Depuis qu'ils se connaissent, elle a toujours été claire. Il est son meilleur ami, son conseiller, son frère, sa bouée de sauvetage, son confessionnal, son directeur de conscience, celui qui la console, qui la fait rire, qui lui prête l'oreille, mais jamais il ne pourra y avoir de grand amour entre eux.

— Un clown! se dit-il rageusement. C'est ça que je suis. Son clown de service. Le fou du roi avec un peu de Merlin l'enchanteur. «Simon, toi tu es un ami, un vrai.» Tu parles! Quelqu'un sur qui elle peut compter et avec qui elle peut sortir sans danger... entre deux **chums**! Un orfèvre qui remet en place les pierres précieuses de son âme brisée mais qui, une fois le travail accompli, s'efface discrètement à l'arrivée d'un nouveau prétendant. Une façon polie de dire un bouche-trou!

Control-Alternate-Delete! L'écran devient aussi noir que ses idées. Le C suivi du > attend dans le coin supérieur gauche qu'on lui fasse une nouvelle demande. Il écrit par dérision:

C> une blonde s.v.p.

L'ordinateur répond:

Bad command or file name

— Et comment! répond Simon.

Il aperçoit son visage sur la surface sombre et polie.

«Avec une tête pareille, se dit-il, comment espères-tu attirer une fille?

Tu n'es pas beau, Simon Loisel. Tu n'arrives plus à te rappeler combien de personnes te l'ont déjà dit. T'écorchant de leur humour, te tailladant avec des allusions à peine subtiles au sujet de tes narines trop

40

larges, de ta chevelure trop raide et de ta maigreur d'arbre mort. Ils croient tous que tu ne t'en rends pas compte ou que ça ne te dérange pas. Mais chacun de leurs rires sous cape t'ont bouffi les yeux et t'ont laissé des meurtrissures qui, aujourd'hui, ne se dénombrent plus.

Et malgré ça, tu as eu la prétention d'imaginer qu'un jour tu cesserais de jouer les seconds violons auprès de cette fille pour devenir le soliste invité. Ma parole! Tu dérailles complètement, Simon Loisel! Tout champion de fléchettes que tu sois, aucune n'ira, par ta main, transpercer le cœur de Joëlle. Rentre-toi ça dans cette chose affreuse qui te sert de tête.

— As-tu un problème, Loisel?

Simon sursaute. Tous les autres élèves sont partis. Il n'y a plus que Ronald, l'appariteur informaticien, qui, accroupi à côté de sa chaise, l'observe d'un air inquisiteur. Le jeune homme se redresse et grommelle un «Oui, tout un!» avant de chercher la commande pour réintégrer le programme. Ronald lui saisit le poignet.

— Attends, dit-il. Tu n'as pas l'air de filer, garçon.

— Bof! J'ai un peu les bleus, c'est tout. Et je n'arrive pas à me concentrer. Les gaz, la volatilité, la fusion, tout ça...

Simon fait un geste de la main comme s'il cherchait à chasser une mouche devant lui. L'appariteur s'éloigne puis revient avec une nouvelle disquette.

— Et dis-moi, *elle* s'appelle comment?

— Qui ça?

Simon s'étonne que l'autre ait deviné aussi vite ce dont il était réellement question. Or, contrairement à son ami Philippe, le jeune garçon se livre facilement quand il sent qu'une oreille est toute prête à lui accorder un peu d'attention.

— Elle s'appelle Joëlle.

— La grande fille blonde avec qui tu te tiens toujours? C'est fini?

— Comment «c'est fini»? Ça n'a jamais commencé! On n'est jamais sortis ensemble.

— Ah bon? Pourtant, tout le monde pensait que oui.

— Eh bien, tout le monde se mettait le doigt dans l'œil.

Qu'y a-t-il de plus difficile? Apprendre que toute l'école pense que la fille de nos rêves est notre blonde ou devoir admettre qu'il n'en est rien?

Simon est surpris de constater que ses affaires de cœur font l'objet de conversations de couloirs. Surpris aussi d'apprendre que même Ronald est au courant de quelque chose qui n'a pourtant jamais été.

— As-tu envie de te changer les idées? demande l'appariteur.

Comme Simon ne répond pas, Ronald glisse la disquette dans l'unité et après un moment, une multitude de formes et de couleurs insolites apparaissent à l'écran.

— C'est un jeu tout simple, mais passionnant. Tu vois les formes qui flottent dans l'espace central?

— Oui.

— Tu dois trouver, à l'aide de ton manche à balai, leur emplacement exact dans les différents alvéoles sur le bord de l'écran. Mais attention! Tu dois tenir compte de la couleur également et elle change à toutes les dix secondes.

— Facile.

— Attends, ce n'est pas tout. Une nouvelle figure entre dans l'aire de jeu à toutes les huit secondes. Tu dois donc les placer aussi vite que possible, sans quoi l'écran risque de s'engorger et à ce moment-là, ce sera...

— *Game over!* le coupe Simon.

— Exactement! Il y a trois tableaux différents et si tu les réussis, tu franchis la porte menant à un secteur du programme qui me fait personnellement lever de terre.

— Qu'est-ce qu'il a de spécial?

— Il fonctionne sur un mode tridimensionnel. Tu dois donc tout considérer: largeur, hauteur, profondeur, couleur et forme. C'est captivant! Et ça avance. On dirait que tu rentres dans l'écran.

— Ah wow! Ça fait longtemps que tu l'as ce logiciel?

— Une couple de mois. C'est un ami américain qui me l'a fait parvenir. Ça s'appelle *Boldness and Bondage*.

— Ce qui veut dire?

— *Témérité et captivité.*

— Ça promet.

— Allez, amuse-toi. Moi, je dois partir. J'ai rendez-vous avec une jeune et jolie personne qui n'aime pas attendre.

Il ouvre sa mallette porte-documents, glisse quelques papiers dans l'un des compartiments, puis la referme en tournant les roulettes de la serrure à combinaison.

— N'oublie pas de tout éteindre et de verrouiller la porte en sortant. Salut Loisel!

— Salut Ronald, répond Simon. Et merci, ajoute-t-il en ne quittant pas l'écran des yeux.

— Allons! Tout bon informaticien ayant, comme moi, un microprocesseur à la place du cœur, aurait fait la même chose.

Il sourit, puis consulte sa montre et une grimace paniquée et très comique lui déforme le visage. On dirait un dessin de Gotlib.

— Ne joue pas trop longtemps quand même, ajoute-t-il en ouvrant la porte. Fais attention à tes yeux.

Simon ne l'entend plus. Sa main sur le manche à balai, il n'est plus qu'un immense centre nerveux, fonctionnant au quart de tour. Les premières parties sont difficiles. Il faut apprendre, il faut apprivoiser le nouveau jeu. Toutes ces formes, ces couleurs à placer, à classer avec la rapidité de l'éclair. Car, en effet, tels les renforts d'une armée géométrique, de nouvelles figures apparaissent toutes les huit secondes. Une autre, puis une autre encore. Et elles finissent par encombrer l'écran. Jusqu'à ce qu'il n'y ait plus de mouvement possible. Alors

TOTAL BONDAGE! — GAME OVER!

Mais Simon est ambitieux et il n'admet pas facilement la défaite. C'est grâce à ce trait de caractère qu'il est devenu champion de fléchettes, qu'il a toujours maintenu une excellente moyenne à l'école et que personne n'arrive à le battre à l'un ou l'autre de ses jeux vidéos. Il ne laisse jamais tomber, ne baisse jamais les bras. Comme le disait Yogi Berra, un gérant de baseball qui dirigeait l'équipe de Chicago, mais qui avait tout du philosophe chinois: «Ce n'est pas fini tant que ce n'est pas fini!» Et Simon en a fait sa devise.

Il n'y a qu'un domaine où Simon doit constamment s'avouer vaincu. Mais il serait inutile, voire cruel, de revenir sur un sujet dont il a été suffisamment question aujourd'hui.

Après moins d'une demi-heure de jeu, Simon se sent plus à l'aise, plus en confiance. Chaque minute qui passe voit le jeune homme s'enhardir. Il devine avec plus d'exactitude la pièce qui va suivre et prévoit l'espace dans lequel il va l'insérer afin d'en créer un nouveau pour celle qui lui succédera. Il trouve ça fascinant!

— Imagine un peu, se dit-il, ce que doit être le tableau en trois dimensions. Le mégavoyage total! Les univers vont basculer!

Ah! Si seulement la vie pouvait être comme ce jeu. Une espèce de grand Manitou s'empare de nous dès notre naissance, découvre notre emplacement exact et se charge de nous y guider. Ensuite, il s'occupe de nous trouver la compagne idéale et ensemble, nous traversons les âges dans une harmonie parfaite. Comme tout serait facile!

Un moment de distraction, un brin de panique. Tchac!

TOTAL BONDAGE! — GAME OVER!

46

L'écran lui demande s'il veut jouer encore. Oui/Non?

— Une petite dernière, se dit-il en regardant sa montre. Bof! Quatre heures et demie, j'ai le temps. Et personne ne sera revenu dans mon modeste château aux dix-huit pièces avant six heures. Quant à Joëlle,... Tant pis! Qu'elle me cherche!

À nouveau, l'écran s'illumine, et Simon succombe aux charmes des myriades de couleurs et de formes qui scintillent dans le noir sans fin de l'écran cathodique.

Et il joue sa dernière partie.

Et encore une dernière.

Et encore une.

Et encore.

Et encore.

5

— Ce prof-là doit être très malheureux dans la vie pour être aussi bête avec ses élèves.

— Il est plus que bête, il a quelque chose de méchant. Cette façon qu'il a de t'enfoncer le nez dans ton erreur jusqu'à ce que tu aies l'impression d'être aussi intelligente qu'une poignée de porte!

— Il sait qu'on n'aime pas ça, la chimie. C'est normal pour des jeunes de notre âge d'haïr ça. Pourquoi ne pas essayer de rendre ça plus intéressant, plus vivant?

— Oui! Pourquoi ne pas nous en pousser une bonne, une fois de temps en temps?

— Il a fait **une** farce depuis le début de l'année, **une**!

— Et quelle farce! Vous en souvenez-vous? «Ce récipient, les chimistes le nomment couramment *bécher*, une appellation fautive qui vient de l'anglais *beaker*. Savez-vous pourquoi on continue à l'appeler ainsi? Parce que si, par malheur, vous deviez l'échapper et le briser, le remplacer vous coûtera *bé cher*. Hé! Hé! La comprenez-vous?»

— Je me tords encore de rire.

— On dirait qu'il nous en veut parce qu'on est jeunes alors que lui, il est vieux et qu'il sent la vieille éprouvette pas propre.

— Je suis sûr que c'est ça. C'est un frustré.

— Au fait, est-ce qu'il est marié?

— Je pense que oui.

— Ayoye! Pauvre femme!

— Le jour du mariage, elle n'a pas dû se précipiter!

Elle se met à rire.

— La comprenez-vous? Elle n'a pas dû se «précipiter»! La femme d'un prof de chimie... Chimie? Précipité?

— Ah! Ouiiii! Je me tords là, moi.

— Tu devrais lui proposer ta farce; comme ça, il en aurait deux!

Les quatre étudiantes qui tenaient ces propos aussi charitables qu'édifiants se lèvent dans un bruit de chaises et quittent, l'air blasé, le café étudiant du deuxième étage. L'une d'elles se retourne pour vérifier si elle n'a rien oublié.

Tout à coup, elle remarque un joli garçon écrasé dans un fauteuil, à quelques mètres de la table où le quatuor venait de casser du sucre sur le dos d'un chimiste.

— Les filles, avez-vous vu le beau gars?

Les trois autres se retournent et l'une d'elles chuchote:

— Oubliez ça. Tout à l'heure, Joëlle a essayé de lui parler et monsieur a fait celui qui ne l'entendait pas. Pour moi, c'est un espèce de nez-en-l'air qui se pense trop bon pour se mêler aux autres.

— Dommage, soupire la première. Pensez-vous qu'il a entendu ce qu'on a dit?

— Jamais de la vie! Quand il ne l'a pas en l'air, il a toujours le nez dans son livre. Je gage qu'il ne savait même pas qu'on était là.

— Pas sûre de ça, murmure une autre. Je l'ai à côté de moi en français. À un moment donné, j'ai essayé de regarder ses notes parce qu'il y avait quelque chose que je n'avais pas compris. J'ai juste eu le temps de me pencher vers lui pour regarder sur son cahier et j'ai vu qu'il écrivait des noms de profs et d'élèves avec toutes sortes de commentaires à côté. Rien d'autre. Il m'a regardé avec un air meurtrier et il a fermé son cahier. Je me suis calée dans ma chaise pour le reste du cours en me promettant que c'était la dernière fois que je m'asseyais à côté de lui.

— C'est bbbbizarre! répond la première.

Elles sortent toutes les quatre en toisant le Jeune Inconnu.

Dans son fauteuil, Étienne, la joue appuyée sur sa main gauche, fixe son livre ouvert. Il a griffonné quelques mots sur une page du petit calepin qu'il avait posé dessus:

PROF DE CHIMIE??? ...à vérifier

Il se lève vivement et quitte la pièce. Sur le mur, il y a Harrison Ford qui le regarde s'en aller avec un drôle d'air.

6

— **G**eneviève, crie Joëlle à la sortie de son cours, est-ce que tu as vu Simon?

— Non, répond Geneviève. Je ne l'ai pas vu depuis ce matin, au cours d'anglais.

— Ah! lance Joëlle en levant l'index. Il doit encore pianoter au café étudiant. Il connaît juste un morceau, mais il ne se fatigue jamais de le jouer.

— Comme il connaît juste une fille, marmonne Geneviève, et il ne se fatigue pas de l'aimer.

— Qu'est-ce que tu as dit? demande Joëlle.

— J'ai dit qu'il devrait sûrement être là. Vl'à mon autobus! À demain!

Joëlle lui envoie la main et marche ensuite vers l'escalier.

— Eh! Joëlle! lui crie une voix derrière elle. As-tu vu ton frère?

C'est Gabriel Thibault. Il a une main dans la poche arrière de son jean et regarde le plafond. Son jeu maintenant est de faire semblant que Joëlle ne présente plus d'intérêt pour lui. Mais il y est aussi habile qu'un bédouin jouant à la ringuette.

— Non Gabriel, je ne l'ai pas vu. Il doit être parti.

— Ah! répond Gabriel en baissant à peine les yeux vers elle. Vas-tu chez toi? On pourrait marcher ensemble.

— Pas tout de suite, non. J'ai des choses à faire. Une autre fois.

— C'est ça, murmure Gabriel, le visage hargneux. Une autre fois.

En montant l'escalier, Joëlle entend quelqu'un venir de l'étage supérieur. Une intuition! Une intuition si forte qu'elle a peine à respirer. Dans quelques secondes, elle le sait, elle va tomber nez à nez avec le Jeune Inconnu.

Les pas se rapprochent d'elle.

Elle se rapproche des pas.

Chomp. Chomp. Chomp. tjouic. tjouic. tjouic.

— Tiens! Bonjour, Joëlle!

— Ah! répond Joëlle, déçue. Bonjour Gérard. Et puis? Sébastien?

L'infirmier la regarde du haut de ses six pieds et des deux marches qui les séparent.

— Sébastien? Eh bien, deux ambulanciers des «Hespérides» sont venus le chercher. On est sans nouvelles depuis. Et je crains qu'on ne puisse en obtenir avant longtemps. Si ça se trouve, il va sombrer comme les autres. Mais j'ai entendu dire que la population s'agite.

— Il commence à être temps! dit Joëlle.

— En effet. C'est pourquoi une réunion extraordinaire a été prévue pour ce soir à la mairie. Les gens s'impatientent et veulent des réponses. En l'occurrence, d'où vient cette étrange affection? Que faut-il faire pour l'éviter? Quelles sont les mesures qu'entendent prendre les autorités municipales pour assurer la sécurité des citoyens? etc.

— Est-ce si grave que ça ce qui arrive, selon vous? demande la jeune fille.

— Vois-tu, ma petite Joëlle, cette histoire n'est pas sans rappeler à tout le monde certaines grandes épidémies. En l'occurrence, celles de méningite qui se sont déclarées, il y a quelques années, dans plusieurs villes du Québec et de l'Ontario. Les parents ont peur pour leurs enfants. Tu en sais quelque chose, non?

— Oui.

— Mais ne t'en fais pas trop, va. Nous avons la meilleure clinique de la province et le docteur Thibault qui, en l'occurrence, la dirige est un des médecins les plus compétents qui soient. S'il existe une cure, une façon de traiter ce mal — et nous devons tous espérer qu'il en existe une — le docteur Thibault est le meilleur homme pour la trouver. Il est aussi bon pour diagnostiquer une simple crise d'oreillons que pour identifier et souvent guérir les maladies les plus rares. On le consulte de partout dans le monde.

Il descend les deux marches et vient lui poser doucement la main sur l'épaule.

— Il faut garder confiance. D'ailleurs le père de Sébastien Blanchard, qui a ses entrées au gouvernement à cause de son métier, exerce beaucoup de pressions par ses *lobbies* afin que de nouveaux fonds soient débloqués pour la clinique.

— Ses *lobbies*? questionne Joëlle.

— On ne vous apprend vraiment rien à l'école, blague l'infirmier. Les *lobbies* sont des gens qui patrouillent les corridors et les salles d'attentes des gouvernements — les lobbies, en anglais — afin de défendre des intérêts particuliers. Monsieur Blanchard a, en l'occurrence, plusieurs *lobbies* à son emploi en temps normal parce qu'il est avocat, spécialiste de l'environnement, et que de nombreuses compagnies d'ici font appel à son étude pour des cas litigieux. En cas de conflits sérieux avec le gouvernement, il enverra un ou des *lobbies* tenter de rencontrer un conseiller ministériel, un député ou même, en l'occurrence, un ministre afin de régler le problème en dehors des procédures judiciaires normales, trop lentes et trop coûteuses. Et où ces rencontres se font-elles, crois-tu?

— Dans les *lobbies*? hasarde Joëlle.

— En l'occurrence! dit Gérard. Et comme le père de Sébastien est très fort et a beaucoup d'influence, les pressions vont sûrement porter leurs fruits. Cela multipliera les chances du docteur Thibault de trouver la recette miracle pour que tous ces pauvres jeunes gens puissent être enfin sauvés. Je garde espoir.

Il se croise l'index et le majeur de chaque main.

— Vous avez raison, Gérard. Merci. Ça fait du bien d'entendre des mots comme ça.

— Ce sont, en l'occurrence, les seuls propos qu'on doit tenir, ma petite Joëlle.

— Amen, dit Joëlle.

L'infirmier lui répond par un sourire et descend l'escalier en faisant le vœu de ne pas avoir péché par excès d'optimisme.

L'espoir est une chose qu'on ne doit pas abîmer, surtout chez les jeunes.

Parvenue à l'étage du café étudiant, Joëlle a complètement oublié son intuition. Aussi, quand Étienne sort de la pièce en coup de vent au moment où elle s'apprête à y entrer, sa réaction se fait encore plus vive qu'elle ne l'aurait imaginé. Il l'a à peine dépassée qu'elle s'entend dire avec étonnement:

— Toi, j'ai à te parler.

— Comment? Tu... tu dois faire erreur, balbutie l'autre en se retournant. Je ne crois pas qu'on se connaisse.

— Oh oui, on se connaît, petit malin, lui dit-elle en s'approchant. On se connaît très bien. La preuve c'est que tu fais tout pour m'éviter, pour me fuir. On ne fuit pas ceux qu'on ne connaît pas. Viens, on va aller à la cafétéria. Ici, ils ferment dans cinq minutes.

— Pas le temps, rétorque-t-il avec un peu plus de fermeté. J'ai des notes à recopier.

La jeune fille se voit maintenant lui saisir fermement le bras. Son opiniâtreté la stupéfie elle-même.

— Parlons-en de tes notes! siffle-t-elle. Aimerais-tu que j'aille voir la direction et que je demande à M. Cléroux ou M. Jeannotte: «Monsieur! Qui donc est cet étudiant, ici depuis une semaine...?

— Trois semaines, la coupe Étienne.

— ...depuis TROIS semaines, qui ne prend presque jamais de notes durant les cours, qui ne pose pas de questions non plus et qui passe tout son temps seul, à écouter les conversations des autres? Il m'inquiète un peu.» Tu vas voir. Ils vont me remercier de la précieuse information et ils vont t'accrocher au train un de leurs conseillers qui va t'inonder de guimauve existentielle suivie d'un interrogatoire serré sur tes motivations profondes et d'une exploration intérieure sur la grande question: «Qui es-tu toi, jeune adolescent, qui parcours la vie à la recherche de ton devenir?» Tu vas voir: ils sont comme ça ici. Veulent ton bien. Savent plus quoi inventer pour t'aider. Je te donne deux semaines et tu vas regretter de ne pas avoir eu cette petite conversation avec moi, aujourd'hui. Alors? Qu'est-ce que tu décides?

Le jeune homme regarde Joëlle droit dans les yeux et constate le sérieux de ses menaces. Il n'a plus le choix. De deux maux, il faut savoir choisir le moindre.

— Bon, laisse finalement tomber Étienne à contrecœur. Si tu y tiens.

— Oui, j'y tiens. Parce que, avec tout ce que j'ai entendu dire sur toi, il y a quelque chose qui me dit que tu n'es pas à cette école-ci pour étudier. Je me trompe?

7

— Tu es vraiment tenace, lui dit Étienne en sirotant son lait au chocolat chaud. Qu'est-ce que tu veux savoir exactement?

Joëlle a perdu un peu de sa morgue. Ils n'ont pas échangé une seule parole entre le deuxième étage et la cafétéria.

«Il doit me prendre pour une vraie folle, se dit-elle. Mais qu'est-ce qui m'a pris? Est-ce que c'est d'avoir parlé avec Gérard? Pourquoi est-ce que j'ai l'impression que ce gars-là a un rapport avec les garçons et les filles qui sont tombés malades? Pourquoi est-ce que je pense qu'il va pouvoir m'apprendre des choses, qu'il va me faire des révélations étonnantes? Il n'en sait probablement pas plus que moi. Je lis trop de

Chair de poule. Je fais des mystères avec tout.

À moins que je me sois servie de ça comme prétexte pour enfin lui parler? Est-ce que moi, Joëlle Dubreuil, je suis du genre à faire ça?

Oh! oui, tout à fait!

Mais dans ce cas-là, qu'est-ce que je vais bien lui dire?

« — Qu'est-ce que tu sais des gars et des filles qui sont dans le coma à la clinique du docteur Thibault? »

« — Quels gars? Quelles filles?»

Là, qu'est-ce que je dis, moi? Mettons que je lui raconte tout. Et après? Après, il fait:

« — Ah! C'est bien dommage. Mais je viens faire quoi là-dedans?

Je sais pas quoi répondre. Je lui fais mon petit sourire, bouche en coin, que je garde pour quand je suis très mal à l'aise. Ensuite, je Lui redonne ses majuscules et Il repart en me giflant avec une remarque du genre:

« — Pas très au point, ta technique d'approche, mignonne!»

ou

« — À l'avenir, si tu as l'intention de draguer quelqu'un, laisse donc ton uniforme de police à la maison.»

Qu'est-ce qui m'a pris? Qu'est-ce qui m'a pris?»

Étienne marchait devant elle sur le long, le très long chemin menant à la cafétéria. Le jeune homme mesurait maintenant trois mètres et demi et elle, pas plus de quatre-vingts centimètres. Mais qu'allait-elle dire?

«Le mieux est d'avoir une attitude agressive, a raisonné Joëlle. C'est moi qui suis à l'attaque, qui contrôle le ballon, qui ai l'initiative. Autant la garder. J'entre et je fonce.»

— Allez! Parle! Assez de niaisage! dira-t-elle, un mégot de cigarette au coin de la bouche.

Mais non! Pas de mégot! Elle ne fume même pas. Pas de mégot, pas de cure-dent. Rien dans la bouche. Sinon l'autorité.

— Allez! Parle! Assez de niaisage! dira-t-elle, la bouche vide, mais avec une voix pleine d'autorité.

— Je... je... je..., balbutiera-t-Il.

— Oh! Je t'en prie! Pas de «je-je-je» avec moi! Accouche!»

Un gros mot bien placé fait toujours son petit effet.

— Soit! dira-t-il. Je vais tout te dire car tu es trop forte et moi, je sais tout!

— Ah! Nous y sommes enfin! triomphera-t-elle.

Et il racontera. Quoi? C'est ce que Joëlle a bien hâte de savoir. Assis l'un en face de l'autre, ils se mesurent du regard. Étienne dit enfin:

— Tu es vraiment tenace. Qu'est-ce que tu veux savoir?

— Tout!

Le garçon fait une moue en arrondissant les yeux pour marquer son étonnement.

— Sur quoi?

— Sur toi!

La réponse est venue, vive et sans délai. Non seulement pour faire la rime, mais également parce qu'au fond, c'est ce qui intéresse vraiment Joëlle.

— Et pourquoi sur moi, précisément? demande-t-il.

— Je te l'ai dit en haut: t'as une drôle de façon d'agir et le monde se pose des questions sur toi. On m'a chargée d'essayer d'en apprendre un peu plus sur ton compte. Et comme je n'ai pas de temps à perdre, j'ai choisi la méthode directe. Alors? J'écoute.

— Bon, répond-il.

Autant lui répondre. De toute manière, le jeune homme savait qu'on en viendrait là, tôt ou tard. Et puis, il y avait cette menace d'être dénoncé à la direction de l'école. Non, mieux valait en finir en satisfaisant, au moins partiellement, la curiosité de la jeune fille. Il lance donc d'une traite et sur le même ton:

— Je m'appelle Étienne Malouin. Je vis seul avec mon père, Édouard Malouin, car ma mère, Dieu ait son âme, s'est sacrifiée pour que je puisse vivre. Grossesse difficile, accouchement laborieux, complications attendues et dénouement tragique. Mon père a tenu le coup pour moi. J'ai dix-sept ans et je vis à Cap-aux-Heurs depuis un mois. Je suis arrivé à Noël, comme le petit Jésus. Je fais de mon mieux, mais les cours ne m'intéressent pas. Rien ne m'intéresse vraiment, d'ailleurs. Je suis ici uniquement pour faire plaisir à Édouard. Ce que je veux apprendre, aucune école ne peut me l'enseigner. Contente?

— Qu'est-ce que tu veux apprendre?

— À vivre. Quand on commence, comme moi, une existence sur un... disons un faux-pas, c'est plutôt difficile de trouver en soi l'aveuglement qu'il faut ensuite pour persister. L'allumage de ma vie s'est fait aux dépens d'une autre qui elle, a dû s'éteindre. Ce n'est pas facile. Depuis, je cherche la bougie. Édouard aussi la cherche, je pense. Alors on se promène, chacun en quête de son Saint-Graal.

— Son quoi?

— Son Saint-Graal. Tu ne sais pas ce que c'est?

La jeune fille dont les immenses yeux bleus trahissent l'intérêt que suscite le récit d'Étienne, secoue lentement la tête.

— Le Saint-Graal! déclame Étienne. C'est le vase qui aurait servi à Jésus-Christ lors de la Dernière Cène et dans lequel on aurait recueilli son sang lorsque, plus tard au pied de la croix, le centurion romain lui perça le flanc avec un pilum. Il y a de nombreux romans de chevalerie qui racontent la recherche du Saint-Graal par des héros, tels que Perceval ou Arthur. Or, avec le temps, la quête du Graal est devenu symbole de la quête de l'ultime, de l'immense et de l'impérieux. Un appel frénétique et passionné vers quelque chose qui nous échappe continuellement. Mais qui nous est nécessaire pour comprendre.

«Ouf! se dit Joëlle. Il peut bien lire des grosses briques. As-tu entendu comment il parle? Il y a au moins deux dizaines de mots que je n'ai pas bien compris dans ce qu'il vient de dire. Mais le vase de Jésus, ça, ça me rappelle quelque chose... Ah oui!»

— Ah oui! s'écrie-t-elle, contente de ne pas paraître trop ignorante. Il en était question dans le dernier *Indiana Jones*. Je m'en souviens maintenant.

— Exactement! J'aime tellement comment on fait certains films maintenant, en reprenant les thèmes de vieilles légendes oubliées. Et tu te souviens comment il se termine? La jeune fille, aveuglée par son désir de posséder le Graal, refuse d'écouter la voix de la prudence et meurt, avalée par une fissure dans la terre et tenant dans sa main la précieuse coupe.

Réticent au début, Étienne succombe tranquillement aux charmes de ces yeux magnifiques. Ainsi raconte-t-il durant un long moment. Tous les endroits du monde que lui et son nomade de père ont visités défilent devant Joëlle qui l'écoute avec intensité. Il lui parle de l'Ouest du pays qui, tout jeune, cherche à s'inventer un passé et de ses habitants, des gens fiers et chaleureux, mais malheureusement sans trop de profondeur.

Puis, il fait naître la France et sa splendide Bourgogne aux vignes généreuses et colorées. Il recrée la Grèce et les rares îles que l'automobile n'a pas encore envahies. Il façonne, de quelques phrases, les solides rochers de l'Algarve et les fjords de Scandinavie sur lesquels s'abîme la mer en de spectaculaires gerbes d'eau.

Et non seulement Étienne parle-t-il en des termes que Joëlle n'a jamais entendus dans la bouche d'aucun autre garçon avant lui, mais encore la séduit-il par les images qu'il utilise et la justesse de son propos. Sa voix est à la fois douce et vibrante. Économes de gestes, ses mains ne sembleront s'agiter que pour venir arracher leur sens aux mots qu'il raconte.

— Et ton père, il fait quoi dans la vie?

— Il est chercheur. Il écrit des articles de fond pour des revues scientifiques. C'est un homme très intelligent.

«Son fils a de qui tenir», se dit Joëlle. Depuis vingt minutes qu'elle l'écoute, elle est déjà conquise. *Papa-passion* fume la pipe sur la chaise à côté d'elle, alors que *mam-engouement* lui tricote, en rangs serrés, un joli châle, couleur de rêve. Plus tard, les deux autres membres de cette exquise famille feront leur apparition. Mais pas tout de suite. Il est trop tôt.

— Et toi? demande Étienne qui tient sa conscience ligotée et bâillonnée dans un coin de sa tête. Je ne sais toujours pas ton nom.

— Je m'appelle Joëlle. Joëlle Dubreuil. Mon père est un chasseur de primes et ma mère, une danseuse nue.

— Quoi? tressaille-t-il.

— Mais non, c'est des farces. Mais des fois, j'aimerais bien que ce soit vrai. Mes parents sont très énormément extra-hyper-ultra-archi-conventionnels. Donc plates à mort. Ma mère est la brillante actuaire d'une grosse compagnie multinationale et mon père est haut-fonctionnaire au gouvernement. Ils font beaucoup d'argent et très peu d'enfants. À croire que ça va ensemble. Je n'ai qu'un frère jumeau, Antoine, avec qui je m'entends comme ci, comme ça. Alors je trouve souvent le temps très long. Particulièrement en compagnie de ma famille.

«Vois-tu, l'idée que mes parents se font du bonheur se résume à ceci: revenir à cinq heures dans leur immense maison de banlieue, propre et ordonnée, en ayant évité tous les bouchons de circulation. Et si, en route, ils ont eu le temps de dicter trois lettres et cinq notes de service à leur secrétaire en se servant de leur magnifique téléphone cellulaire, alors là, c'est plus que le bonheur, c'est le nirvana! Tu sais ce que c'est, le nirvana?»

— Oui, répond Étienne. On vient de l'apprendre au cours d'histoire des religions.

Joëlle est surprise de constater qu'Étienne est plus attentif aux cours que sa réputation ne le laisse croire.

— Le soir, poursuit-elle, les distractions de mes parents sont tout aussi amusantes: la tête dans le journal, ils jouent au premier qui trouvera une cote en bourse qui n'a pas baissé depuis deux semaines. Cinq points par bonne réponse. Et on double le score si la cote en question fait partie de son portefeuille ou de celui de l'autre.

«S'étant ensuite rassurés sur la condition de la planète au téléjournal de fin de soirée — Dieu merci! ma chérie, tout ça se passe là-bas et non ici! — ils se coucheront avec la certitude que la vie est belle. Et si tu fais le tour de Cap-aux-Heurs, tu verras qu'à un ou deux détails près, c'est la même chose partout. Petit couple, petite famille, petit bonheur. Ils ont tous décidé de venir vivre ici avec ça en tête. C'est pour ça qu'ils ne prennent pas ce qui leur arrive. Quelqu'un est en train de briser leur tableau.»

— De quoi parles-tu?

La cafétéria est vide maintenant. Le chapeau et le tablier du cuisinier pendent à un crochet de la cuisine. Les planchers sont propres et une odeur d'encaustique s'en élève. Seul témoin de leur conversation, l'immense murale ayant pour titre «Sans petite mentalité». Une œuvre où dominent les demi-tons, presque toute d'ambre, de brun, de noir et d'ocre avec çà et là une touche de couleur vive, comme si on était venu éclabousser de lumière cette fraction de la grande toile.

Amour, Haine, Espoir, Détresse, Exaltation, Peur, Tendresse, Colère et Jalousie y sont évoqués. Une fresque collective, réalisée en fin d'année par les élèves du cours d'art de Jacynthe Robert, un professeur aux projets qui n'ont jamais rien d'étriqué et qui jouit d'une popularité très grande au sein d'une clientèle ayant justement soif d'ampleur.

— Je parle de l'épidémie. Tous ces jeunes qui tombent malades subitement. Ne me dis pas que tu en entends parler pour la première fois?

— Non, fait-il avec un vague geste de la main. J'étais là quand il a été question de Sébastien B... Bouchard.

— Blanchard, corrige rapidement Joëlle.

Il savait que c'était Blanchard, se dit-elle. Je suis certaine qu'il le savait. Il veut me faire croire que non, mais il le savait. Il s'est trompé volontairement.

— Oui, Blanchard, c'est ça. Mais j'ignorais que c'était une épidémie.

— Le deuxième en quinze jours, le huitième en cinq mois. Si tu n'appelles pas ça une épidémie... Et les parents d'ici ne le prennent vraiment pas.

— Mais Joëlle, une épreuve comme celle-là serait pénible pour n'importe quel parent, pas nécessairement juste pour ceux qui vivent ici.

Mon Dieu! Comme tu aimes l'entendre prononcer ton nom! Joëlle. Sa langue coule sur le «J» comme sur une boule de crème glacée, et le «elle» a, dans sa bouche, le tintement clair et léger d'un carillon.

— Bien sûr, répond-elle. Mais ce l'est spécialement pour ceux d'ici. Tu ne peux pas comprendre. Il faudrait que tu connaisses l'histoire de Cap-aux-Heurs. Tiens! Rien que son nom est... apocryphe.

Ouaou! Fière d'elle. Après «nirvana», un autre petit mot tiré de son cours de religion et qui se plaçait si bien. Tchac! Apocryphe! Et l'étonnant Étienne est cette fois l'étonné.

— Apocryphe?

Il ne le connaît pas, ce mot-là. Fière d'elle, Joëlle explique:

— Un faux. Une simulation. Un mensonge. Le vrai nom de cette ville, ce n'est pas Cap-aux-Heurs comme on l'écrit maintenant mais Cap-aux-Heurts.

— Je ne vois pas la différence, avoue Étienne.

— Tu ne la vois pas parce que je ne te l'ai pas écrit. Et tu ne l'entends pas parce qu'à l'oreille, il n'y en a pas. Mais Cap-aux-Heurs s'écrivait avant C-A-P-A-U-X-H-E-U-R-**T**-S, et «heurts», comme tu dois le savoir, signifie «coups» ou «chocs».

Et Joëlle raconte qu'au début du siècle, Cap-aux-Heurts tenait son nom des longues jetées en pierre qui avançaient de la côte vers le fleuve comme de gigantesques griffes et sur lesquelles venaient se briser les eaux et parfois quelques bateaux imprudents. Lassés de voir des embarcations se heurter et s'éventrer sur ces récifs, les gens de Cap-aux-Heurts ont décidé de les détruire à la dynamite. Mais on conserva le nom.

Puis le village grossit avec l'arrivée de fortunés fonctionnaires et de professionnels prospères, attirés par ce coin tranquille situé assez près et en même temps assez loin de la capitale. C'était l'emplacement parfait. Ou presque.

En effet, quoiqu'il fallait se procurer, on devait toujours se rendre en ville. Cap-aux-Heurts était un dortoir. On n'y trouvait presque rien.

On s'est alors mis à rêver d'autosuffisance. On a vu d'abord s'installer des magasins d'aliments courants, puis d'épicerie fine et d'importations. Des librairies et une bibliothèque aux titres nombreux et d'origines diverses virent ensuite le jour. Deux cinémas. Quelques restaurants au menu somptueux et hors de prix. Un petit centre culturel où, grâce à l'influence de concitoyens importants, parvenaient les expositions d'artistes dont l'œuvre avait auparavant orné les murs des plus grandes galeries et même de certains musées.

Les meilleures pièces et spectacles ne quittaient jamais l'affiche sans venir y faire l'honneur d'une série de représentations. Une salle de musique vint se greffer plus tard au centre culturel. Un complexe sportif fut édifié en même temps pour y pratiquer la natation, le squash, le tennis ou le boulingrin.

Et toutes ces installations se sont faites dans le plus grand respect d'un plan d'urbanisme où dominaient discrétion et esthétique. Personne ne viendrait jamais défigurer la cohérence du paysage avec des grandes arches jaunes ou un quelconque bonhomme luminescent aux yeux globuleux.

Aux dires de jeunes cyniques de l'endroit, il est étonnant qu'un dôme au-dessus de Cap-aux-Heurs n'ait pas encore été élevé afin d'y conserver une température parfaite et constante de 20 à 21 degrés, sans pluie et sans neige, sauf quand c'est nécessaire.

— Pour te donner une idée de leur obsession de la vie parfaite, poursuit Joëlle, les autorités ont fait construire, il y a quatre ans, une polyclinique ultramoderne en votant une taxe spéciale à laquelle tout le monde a souscrit, du plus pauvre au plus riche. Et depuis, cette clinique ne cesse de grossir et de prospérer grâce aux généreuses contributions de la ville et de ses citoyens.

— Elle est dirigée par le docteur Thibault, c'est ça?

Tiens? Incapable de se souvenir du nom d'un élève qu'il a entendu trois ou quatre fois aujourd'hui, mais très capable de se rappeler le nom du directeur d'une clinique qu'il n'a jamais vu...

— C'est ça, oui, confirme Joëlle. Le docteur Thibault est un éminent médecin dont il semblerait que la spécialité soit les maladies rares. Il dispose d'un équipement à la fine pointe de la haute technologie, d'après mon père. Des spécialistes viennent de partout dans le monde pour le consulter et visiter ses installations du dernier étage. Toujours d'après mon père, il est fameux et on a beaucoup de chance qu'il soit venu travailler chez nous.

— Pourquoi, d'après toi, les gens de Cap-aux-Heurs ont-ils tant insisté pour avoir cette clinique?

— La peur, répond Joëlle. En vieillissant, la peur de la maladie s'empare de nous, il paraît. Il n'y a qu'à voir le visage de mon père et de ma mère se transformer quand on apprend qu'une personne qu'on connaît, ou une célébrité, souffre du cancer, de la sclérose ou de la maladie d'Alzheimer. Les gens d'ici se sont offert un petit paradis et ils veulent le garder et y rester le plus longtemps possible.

Et comme il n'y a rien de pire, semble-t-il, que d'être obligé de t'éloigner de chez toi pour te faire soigner, les gens de Cap-aux-Heurs ont décidé de se faire cadeau d'un hôpital bien à eux. Ça n'empêchera personne de mourir — bien que le docteur Thibault et son équipe aient déjà guéri quelques personnes en apparence condamnées par la maladie — mais au moins ils auront presque l'impression de mourir dans leur salon. Tu vois?

— Je vois.

— Ce qui fait que tout est pour le mieux dans la meilleure des villes. Cap-aux-Heurs a presque trouvé son Saint-Graal, comme tu dirais. Il ne reste que ce nom. On n'aime pas Cap-aux-Heurts à cause de l'idée de conflit qu'il y a dans le mot «heurts». On cherche donc un nouveau nom. Pendant des mois, les suggestions s'accumulent.

«Mon plus grand plaisir est d'assister, chaque premier mardi, à la séance du conseil où un débat se déclenche autour de chaque nom qui est soumis.

«Étienne, c'était à pleurer! Des noms comme «Cité de Liesse, Villejoie, Cap-aux-Sereins, Nouvel-Eden, Calmeplat, Sainte-Paix ou Euphoria» sont au centre de graves discussions entre gens sérieux. Hey! Euphoria!»

— Finalement?

— Finalement, il y a un petit malin qui a réglé le problème en moins de deux. Il se nomme Jacques Laperle et travaille à l'Office de la langue. Il a simplement dit: «Qu'on ôte le «t»!» et tout le monde a levé les bras au ciel en criant «Alléluia!».

— Qu'on ôte le «t»? demande celui qui n'est plus un Jeune Inconnu.

— Mais oui, à Cap-aux-Heurts. Monsieur Laperle avait dû lire quelque part que «heur» était l'ancienne forme du mot «bonheur». En enlevant le «t» à «heurts», Cap-aux-conflits devenait Cap-aux-bonheurs. On a écrit dans les minutes de la réunion que «la suggestion a eu l'*heur* de plaire à tous et qu'elle était acceptée à l'unanimité». À compter de ce jour, nous qui étions des Cap-aux-Heurtés sommes devenus des Cap-aux-Heureux! C'est pas beau, ça?

— Très! s'exclame Étienne avec un sourire.

Il examine depuis un moment la grande œuvre peinte, accrochée au mur de la cafétéria et s'étonne de certains thèmes. Ou plutôt de l'ordre dans lequel ils sont présentés. L'Amour et la Haine au centre, d'accord. Au centre de tout, toujours, de tout temps.

Amour et Haine des autres et de soi. Mais que l'Exaltation mène à la Peur pouvait étonner, et la Tendresse simultanément issue et faisant partie intégrante de la Colère avait quelque chose de bouleversant.

— Philippe a beaucoup travaillé sur ça, dit Joëlle, qui a remarqué l'intérêt que son nouvel ami porte à l'immense ouvrage pictural. C'est presque son œuvre à lui.

— Philippe?

— Mon copain. Enfin, c'était mon copain.

— Vous vous êtes laissés?

— Tu es bien curieux, Étienne Malouin! Je te rappelle que c'est pour te tirer les vers du nez que je t'ai fait descendre ici, pas le contraire.

— Et si je te disais que c'est pour enfin te connaître que je m'y suis laissé emmener?

Il la fixe de ses grands yeux sombres. «Pourvu qu'elle ait cru tout ce que je lui ai dit, se dit-il.» Il lui tend la main. Sa conscience, qu'Étienne a décidé de taire, est rouge de colère.

En lui saisissant le bout des doigts, Joëlle sent son cœur sortir de sa poitrine, ses jambes ramollir et tout le reste des symptômes déjà décrits. Mais une voix lui hurle à l'intérieur: «Méfiance! Il ne t'a pas tout dit!»

Et ni l'un ni l'autre ne voient que depuis cinq bonnes minutes, Simon, l'air hagard, se tient debout dans l'entrée de la cafétéria.

8

Il est rentré à la maison immédiatement. Son moral a posé le pied sur une mine et il traîne les morceaux derrière lui. Ce brusque assaut de la réalité l'a mis totalement hors de combat. En entrant dans sa chambre, il s'effondre sur son lit. Sa tête refuse cruellement de lui obéir et continue de le torturer avec des images de Joëlle et de l'Autre, assis face à face à une table de la cafétéria, mains jointes et sourires béats.

Quand il les a vus, vautrés dans leur obscène intimité, Simon s'est approché. Courageusement.

Et alors, lui a-t-il semblé, ils se sont retournés et Joëlle, la première, a détourné les yeux en se plaquant la main sur la bouche, étouffant un fou rire.

Est-ce bien comme ça que ça s'est passé?

Oui. Et l'Autre, Grand Seigneur, lui a tendu la main. Simon l'a immédiatement saisie, mais il a tiré si fort que le bras a cédé. Un moignon pendant au bout de l'épaule, le Jeune Inconnu riait. Il n'y avait pas de sang. Pas une goutte. Ni sur le membre, ni sur l'épaule. Alors Simon s'est emparé de l'autre bras. Qui s'est offert sans plus de résistance.

Joëlle et l'Autre, devenu manchot, s'abandonnaient à une hilarité que partageait maintenant le reste de la cafétéria. Certains applaudissaient. D'autres sifflaient. Ils étaient plus de mille.

Puis Simon s'est vu, mais il ne s'est pas reconnu tout de suite. Et pour cause. Quand on a le visage tout blanc, une épaisse tignasse frisée et bleue, un nez rouge, deux triangles ceinturant les yeux et un sourire de la taille d'une banane, on ne peut pas s'identifier avant de s'être examiné attentivement.

Quelle n'est pas sa surprise de se voir jongler! Il jongle avec les bras de l'Autre. D'une main. Puis des deux. Se rajoutent ensuite, venus de nulle part, de nouveaux objets. Un gibus, comme en portent les clowns d'une autre époque. Puis des formes géométriques de couleurs et de tailles variées.

Puis trois ustensiles: couteau, fourchette, cuiller. Qui deviennent trois fléchettes à empenne jaune. Une première fléchette suit un circuit complètement illogique et vient se planter dans la montre d'un des bras sectionnés, suivie d'une deuxième directement dans l'autre bras.

Mais ce ne sont pas des fléchettes, ce sont des seringues! Trois seringues pleines d'un liquide jaune. Simon laisse peu à peu tomber des objets. Mais les formes géométriques reviennent. Il décide de les caser le long du mur formant un casse-tête qu'il crée au fur et à mesure par un intense effort de volonté.

Il ne reste maintenant que les deux bras amputés et la seringue libre. Il jongle. La fatigue lui tord les muscles du dos et des épaules. Il jongle. Il s'épuise. Un bras tombe par terre, puis l'autre. Seule la seringue vole très haut dans les airs. Alors Simon ferme les yeux et tend les bras. L'objet fatidique entreprend une lente descente, l'aiguille la première. Le piston s'abaisse imperceptiblement, faisant couler le liquide jaune dans le pavillon. Quelques gouttes jaillissent au bout de l'aiguille qui n'est plus qu'à un mètre du bras.

Un hurlement.

— SIMON! SIMON!

Joëlle se précipite vers lui. Mais ce n'est plus Simon, c'est Philippe qui la salue d'un clin d'œil et d'un coup de chapeau.

— *Total bondage, chérie,* dit-il. *Game over!*

Derrière lui, Simon crie à s'en ouvrir les poumons.

Et se réveille. En bas, sa mère l'appelle.

— Simon? Viens-tu souper, mon trésor, c'est prêt!

Il est en nage, bien entendu. Quel rêve! Dehors, il fait noir. Une neige légère perce une infinité de trous minuscules dans le voile de la nuit. Il se lève et descend à la cuisine. Il distingue sa mère, devant l'un des éviers, à travers un épais brouillard.

Il se demande comment faire pour la caser à l'intérieur du placard. La forme peut aller, mais la couleur n'est pas la bonne. Qu'est-ce qu'il raconte?

Du fond de la luxueuse salle à manger, l'image de son père lui parvient également à la fois floue et lumineuse.

— Papa coupe le rôti à l'aide du couteau électrique, se dit Simon. Les vibrations de cet appareil me dérangent beaucoup.

Il sourit à sa sœur et s'assoit à sa place. Il se prend une portion de légumes. Il les installe consciencieusement tout autour de l'assiette.

— Il faut éviter la captivité totale! explique-t-il à sa sœur.

En levant le regard, il constate avec étonnement que sa mère a un énorme corps et une toute petite tête.

C'est à ce moment qu'il se met à vomir. Il perçoit, dans le lointain, les cris affolés de son père, de sa mère et de sa sœur, le mouvement de leur corps bourdonnant autour de lui. Il entend qu'on l'appelle. Il sent qu'on tente de le relever.

Il trouve toute cette agitation bien inutile.

9

La salle de l'assemblée municipale.
Réunion extraordinaire des élus, des no-
tables et du bon peuple. Joëlle laisse voguer
son regard sur une mer de petites boules
plus ou moins rondes. Certaines sont lisses
comme la quille d'un navire, d'autres
avouent timidement un léger duvet et le
reste exhibe une chevelure plus ou moins
dense, plus ou moins colorée et plus ou
moins postiche.

Il n'y a pas une chaise de libre. Il y a
même des gens debout.

— On se croirait à la messe de minuit,
se dit Joëlle.

Devant, juché sur une estrade, l'auguste
aréopage des conseillers appuie, par son

silence, le maire et son discours. Depuis dix minutes qu'il a pris la parole, il n'a encore rien dit. Mais tout le monde écoute poliment, docilement. Son laïus enfin terminé, il invite le conseiller responsable du dossier de la Santé publique à venir s'adresser aux citoyens. La première phrase que celui-ci prononce se veut placide et rassurante.

— Que l'on se tranquillise, il n'est pas encore question d'épidémie!

À ces mots, les gens se précipitent dans les allées afin d'être les premiers à s'emparer de l'un des deux micros. La salle du conseil se transforme alors en une véritable Tour de Babel. Tout le monde, chaque électeur, dans le plus grand respect de la démocratie, a son mot à dire et exige d'être entendu.

S'entrechoquent donc, dans une confusion et un embrouillamini complets, questions et commentaires, inquiétudes et appels, propagande et dissension. «Qu'est-ce qu'ils ont exactement?» (mettre une étiquette sur une maladie la rend instantanément moins grave, c'est là une haute vérité médicale!)

— Que fait-on pour tenter de les sauver?

— Comment se fait-il que la polyclinique «Les Hespérides»...?

— Ne serait-on pas mieux de...?

— Avec tout l'argent qu'on y a investi depuis des années...

— Qu'en pense le docteur Thibault?

— Comment se fait-il qu'il ne soit pas ici?

— Nous voulons des réponses!

— Mesdames et messieurs, poursuit posément le conseiller, si vous voulez bien regagner vos places, nous allons procéder à une analyse calme et systématique de chacun des aspects de cette délicate question.

Debout à l'arrière de la salle, Joëlle s'impatiente devant l'inefficacité de la réunion. Comme de toutes les manifestations politiques, d'ailleurs. À son avis, il est vain d'interroger un homme public sur quelque sujet que ce soit. Un homme public vous répondra toujours à l'aide d'une *cassette* qu'il a enregistrée. Un homme public garde toujours une telle cassette dans sa tête afin de pouvoir donner des réponses rapides et non compromettantes à toutes les questions embarrassantes ou difficiles.

«Dans les jours ou les semaines qui viendront, des mesures seront prises afin d'éviter que... bla! bla! bla!» dira l'homme public, ou:

«Nous pouvons vous confirmer qu'une équipe multiagent, pluridisciplinaire et bipartite se penche sur le problème en ce moment et qu'elle met toute l'énergie et la diligence possible afin de chercher des... bla! bla! bla!» soutiendra l'homme public, ou encore:

«Je suis heureux que vous me posiez cette question et j'en profite pour dire à tous les électeurs que lors de mon prochain mandat, je m'engage à m'impliquer personnellement afin que... bla! bla! bla!» promettra l'homme public.

Toujours faite, toujours prête, mais jamais nette, la réponse sur *cassette*! Sacré bon slogan, se dit Joëlle, ironique.

Le conseiller a repris l'affaire du début. Il maîtrise la situation de mieux en mieux. Il jongle avec ses *cassettes* en les faisant se succéder les unes aux autres. Et les phrases sortent en suivant un débit régulier et assez lent, afin de ne pas perdre l'attention du public. Joëlle est impressionnée, car la dextérité du conseiller est surprenante. La foule ébahie a retrouvé son écoute attentive et disciplinée.

— À l'instant où on se parle, dit l'homme public avec une première *cassette*, et si mes chiffres sont exacts, nous en serions au septième cas en huit mois et au deuxième en moins de quinze jours. Il serait donc prudent, à ce stade-ci, de supposer qu'il semblerait que nous ayons affaire à une maladie qui aurait toutes les raisons de nous laisser tristement présumer qu'elle pourrait être, jusqu'à preuve du contraire, en situation d'une possible propagation.

«Dans ces conditions et afin d'éviter toute forme de contagion, il nous apparaîtrait souhaitable, et nous irions jusqu'à affirmer sans ambages qu'il serait même **fortement souhaitable**, que la population à risque de Cap-aux-Heurs, c'est-à-dire ceux et celles qui ont entre 12 et 18 ans, que la population à risque, dis-je, évite toute situation de contact ou de proximité physique dangereuse et imprudente et ce, jusqu'à ce que des mesures de prophylac..., de phropylax, de pyrolak...

«Problème technique, se dit Joëlle, la cassette fonctionne mal!»

— ... enfin, poursuit le conseiller dans un magnifique effort d'improvisation, des mesures pour prévenir que ça ne *continuse* pas, soient prises.

— A-t-on des nouvelles du jeune Blanchard?

La question vient du fond de la salle. Celui qui la pose est un homme d'une quarantaine d'années qui porte les cheveux longs attachés en queue de cheval et une barbe de corsaire. Il a une voix forte, mais rauque comme s'il soignait une extinction de voix.

— Il semblerait, répond le conseiller sans oublier son conditionnel présent, qu'il reposerait dans un état semi-comateux. Son état serait grave, mais stable. Comme les autres.

— Pas TOUS les autres. Dois-je vous rappeler que la deuxième victime de cette foudroyante maladie, le jeune Morel, est décédé moins de douze heures après son admission aux «Hespérides»? rectifie une jeune femme dans la première rangée.

— C'est exact, madame. Et justement, afin de ne plus jamais l'oublier, il a été suggéré aux membres du conseil et au docteur Thibault qu'en souvenir de ce courageux jeune garçon, la maladie qui l'a terrassé soit baptisée «Maladie de Morel».

Silence. Un grand malaise fait suite à cette suggestion. On ne sait pas trop. Donner le nom d'un enfant mort à la maladie qui en a eu raison? N'est-ce pas d'un goût un peu morbide? Par contre, se pourrait-il que ce soit un ultime pied-de-nez à cette terrible affection? Une façon de concéder le dernier mot à la victime et non à la Mort? On se regarde avec des points d'interrogation dans les yeux.

— Si vous me permettez, intervient un homme d'âge mûr, vêtu d'un simple jean et d'un t-shirt, j'aimerais vous dire quelque chose. Moi, je suis un grand amateur de sports, mais j'aime surtout le baseball. Il y a longtemps, dans les années 30, un joueur de baseball des Yankees a dû subitement mettre fin à sa carrière à cause d'une maladie. C'était une maladie inconnue à l'époque, un peu comme celle qui s'attaque à nos jeunes depuis quatre mois.

L'homme fait quelques pas dans l'allée centrale avant de continuer son récit.

— Quand ce joueur est mort, on a donné son nom à la maladie qui l'avait emporté. Je ne connais pas le nom exact de cette maladie. Mais chez nos voisins du Sud, tout le monde, ou presque, la connaît sous le nom de *Lou Gehrig's disease* — la maladie de Lou Gehrig. Et chaque personne qui l'a évoquée depuis a revu l'image de Lou Gehrig dans son uniforme des Yankees. Je trouve, monsieur le conseiller, que votre idée est excellente.

Alors sa voix se brise un peu.

— Et je l'appuie d'autant plus que... je suis le père de celui que vous appelez «le jeune Morel».

Mouvement et murmures dans la foule. Étonnement. Regards empreints d'une sincère sympathie.

— Quant à moi, dit une voix sur l'estrade, je vais l'appuyer.

Immobilité et silence dans la foule. Étonnement. Regards empreints d'une sincère admiration.

Comme venu de nulle part, le docteur Aldège Thibault s'est assis au bout de la table, non pas sur une chaise, mais bel et bien sur le coin de la table, comme un universitaire qui s'apprête à donner son cours. Il a plus de soixante-dix ans. Son visage parcheminé, sa chevelure blanche, sa taille, son allure et sa démarche rappellent un peu celles de Gilles Vigneault, le poète et chanteur québécois.

— J'appuie la proposition tout en vous priant d'excuser mon retard, ajoute-t-il. Il y a eu une affaire urgente alors que je quittais la polyclinique.

— Un autre cas? demande le conseiller responsable du dossier de la Santé publique.

— Il est trop tôt pour l'affirmer, répond le médecin. Mais hélas, j'en ai bien peur. Tous les symptômes sont présents et nous pensons que...

L'impatience et l'inquiétude ont atteint leur comble. La foule, bruyante et énervée, n'écoute même plus la fin de la réponse du docteur Thibault. Le maire frappe de son maillet sur un petit socle de bois afin de ramener l'auditoire à l'écoute. Visiblement mal à l'aise, le directeur de la polyclinique

«Les Hespérides» se frotte les mains l'une contre l'autre, et affiche un air où se lisent tension et tristesse. Il semble atterré.

— Pauvre homme! pense Joëlle. On voit bien qu'il aimerait pouvoir nous donner plus. Il est tellement pâle et son regard est si fatigué.

Le calme est revenu. Du fond de la salle, l'homme à la grosse barbe et à la queue de cheval pose une nouvelle question.

— Docteur Thibault, a-t-on pu déterminer si la cause de la maladie de Morel est bactérienne ou virale?

— À l'heure actuelle, répond le médecin, notre équipe penche plutôt vers l'hypothèse d'un virus filtrant, une espèce d'ultra-virus qui déjoue toutes nos tentatives pour le cerner.

— Avez-vous essayé de mettre à profit le parasitisme intracellulaire inhérent à ce type de virus en comparant les plasticités d'une cellule d'un corps sain avec celle d'un des patients atteint du mal de Morel?

Le docteur Thibault reçoit la question comme un boxeur qui encaisserait un crochet du gauche à la mâchoire. Toute l'assemblée s'est retournée vers l'homme à la barbe de pirate et à la voix graveleuse.

— Monsieur, dit le docteur Thibault en se ressaisissant, vous avez l'air de posséder de profondes connaissances médicales et je vous en félicite. Oui, ces tests ont été faits et ils se sont avérés négatifs. De même que ceux qui sont effectués sur leur composition chimique afin de déceler dans ces cellules la présence de nucléoprotéines ou même de substances albuminoïdes. Nous maintenons néanmoins que l'hypothèse d'un germe extrêmement ténu est la plus probable de même que celle qui offre un maximum de chances de succès. Ma réponse vous satisfait-elle pleinement, monsieur?

— Pour le moment, oui. Je vous remercie.

D'un petit signe de la tête signifiant peut-être «Au revoir» ou peut-être «À notre prochaine discussion», Barbe-Noire enfile son manteau et quitte la salle. D'autres questions fusent vers l'homme de sciences, mais lui n'a pas quitté son interlocuteur des yeux. Le docteur Thibault affiche une mine contrariée. Il n'apprécie manifestement pas que l'on mette en doute sa compétence.

Joëlle quitte la salle à son tour. Dehors, elle tombe nez-à-nez avec Geneviève et Valérie. Malgré la neige et le froid, elles ont les joues pâles. Leurs lèvres tremblent.

— Joëlle! crie Valérie de sa voix de poulie qui grince, on a des choses importantes à te dire.

— Oui, très importantes, renchérit l'autre en la prenant par le bras. Viens.

10

La voiture s'est immobilisée devant l'immense bâtiment. L'homme en sort prestement, se gratte l'épaisse barbe noire, prend une profonde inspiration et la laisse aller doucement. Après s'être répété une dernière fois tous les détails de son plan, il se dirige vers l'entrée de la polyclinique «Les Hespérides».

À demi assoupi derrière le large comptoir de la réception, un gardien de sécurité est en train de terminer la lecture d'une revue en s'attardant surtout sur les photos.

L'étrange visiteur se dirige droit vers lui. Souriant, il pose sur le dessus du comptoir une lourde mallette dont le cuir beige est de grande qualité. Il demande dans un français à peine cassé:

— Le docteur Thibault est-il là?

— Je regrette, monsieur...

— *Docteur*, si ça ne vous fait rien, corrige immédiatement l'autre sans perdre son sourire.

— Je regrette, **docteur**, mais le docteur Thibault est absent pour le restant de la soirée. Il est à la séance du conseil. Vous pouvez toujours aller le retrouver là.

Le gardien parle avec l'accent un peu traînant des Jeannois.

— Pas le temps. J'ai un avion à prendre dans une heure et demie. Tant pis. Si vous voulez bien m'indiquer le chemin vers la salle spéciale où sont gardées les jeunes victimes de l'épidémie de méningite.

— Méningite? s'étonne le garde.

— Oh! Vous ne saviez pas? Le docteur Thibault vient de faire la découverte d'une nouvelle variété de méningocoque donnant un autre genre de méningite cérébro-spinale. Il est possible d'ailleurs qu'on donne le nom de votre patron à ce méningocoque comme on l'a fait avec le mien pour le bacille qui provoque la méningite tuberculeuse. Vous avez évidemment entendu parler du bacille de Koch?

— Ben, c'est-à-dire que moi, je suis juste gardien ici, hein...

— Eh bien, j'ai l'honneur d'être le docteur Koch, spécialiste en épidémiologie et venu spécialement de Boston, à la demande de mon confrère Thibault, afin d'examiner ses... comment dit-on *findings* en français?

— Ben, vous savez, moi, je suis juste gardien ici, hein...

— *Anyway!* Je dois étudier ses notes et examiner attentivement ses diagnostics. Nous croyons que ce nouveau bacille est peut-être à l'origine du mal dont souffrent les sept jeunes patients. Pouvez-vous me montrer la salle et le poste de garde où les dossiers de ces patients sont... euh,... *retenus*?

— Écoutez, monsieur...

— **Docteur**, cher ami, corrige de nouveau gentiment l'étranger, docteur!

— Écoutez. J'ai pas le droit de vous laisser entrer sans que mon patron, le docteur Thibault, soit là.

— Mais voyons! s'indigne l'autre. Je suis venu exprès des États-Unis! Je suis le docteur Koch!

— Quand bien même vous seriez le docteur Ballard, j'aurais pas plus le droit de vous laisser entrer, comprenez-vous?

— Docteur Ballard, *indeed!* Pour quelle sorte d'organisation travaillez-vous donc?

On me fait venir, je me déplace. Et je dois ensuite justifier mes actions à un vulgaire gardien de sécurité...

— Non, là, là, je vous demande pardon, docteur, mais je pense pas avoir été vulgaire. J'ai même été tout ce qu'il y a de plus poli!

— Mais enfin! Vous devez comprendre que le docteur Thibault est un savant. Que tous les savants sont distraits et qu'il a probablement oublié de vous prévenir de ma venue. Qu'il a omis de vous dire que vous deviez me laisser entrer dans l'aile des patients atteints de méningite, comme nous en avions convenu au téléphone il y a deux jours.

— Moi, tout ce que je sais c'est que les instructions du docteur Thibault sont toujours bien claires: personne n'a accès au troisième étage de l'aile D de la clinique sans sa présence ou son autorisation écrite. Je voudrais bien vous laisser entrer, mais les instructions, c'est les instructions.

L'homme qui se fait appeler Koch reprend sa superbe mallette en portant la main à son front. Il laisse aller un profond soupir de déception et se dirige vers la sortie.

— Tant pis! Je sais à quel point le docteur Thibault tenait à mon opinion dans cette affaire. Au fond, c'est lui qui va être le plus déçu. Moi, j'en serai quitte pour un petit voyage en avion.

— Je suis désolé, s'excuse le gardien, visiblement mal à l'aise.

Il espérait ne pas faire de gaffe en refoulant cet important personnage vers la sortie. Aurait-il dû lui accorder le droit de se rendre dans l'aile D? Le docteur Thibault serait peut-être furieux de son manque de jugement et d'initiative.

— Je comprends. Vous ne faites que votre travail, n'est-ce pas?

— Ben oui. Comme je vous ai dit, moi je suis juste le gardien ici...

«Au fond, c'est à ça que ça se résume, se dit-il. On ne m'a pas engagé pour prendre des initiatives, mais pour appliquer et faire respecter un règlement. Je suis surveillant de la porte, pas gérant général et administrateur en chef de la clinique. Il y a une différence. Néanmoins, même un gardien de sécurité doit savoir prendre les bonnes décisions au bon moment. Est-ce un de ces moments?»

L'homme ouvre la porte et a déjà mis un pied dehors quand soudain il se ravise et revient sur ses pas.

— Attendez! s'écrie-t-il en marchant à grandes enjambées vers le bureau du garde. J'y songe! Vous m'avez bien dit: «À moins d'une autorisation écrite du docteur Thibault»?

— Ah oui! se réjouit l'autre, trop content de voir son dilemme se résoudre de lui-même. Une autorisation écrite serait parrrrrfaite!

— Une lettre de votre patron me demandant de venir à Cap-aux-Heurs afin de lui donner mon opinion sur ses découvertes vous suffirait-elle?

— Eh bien... hésite le brave homme, vu les circonstances, je crois bien que oui.

— À la bonne heure! Il se trouve que j'ai justement avec moi, dans ma mallette, la lettre que le docteur Thibault m'a écrite il y a deux semaines. Tout y est.

Il pose son luxueux porte-document sur le comptoir et l'ouvre de façon à ce que le contenu soit dissimulé à la vue du gardien.

— Voilà! Elle est ici!

Il sort une enveloppe et la tend à l'employé des Hespérides. Celui-ci en sort une lettre écrite à la machine à écrire. Le docteur Thibault y demande au docteur Koch de venir le voir à sa clinique. Et c'est signé.

Le gardien est embêté.

— C'est que la signature n'est pas très ressemblante, dit-il. Je ne dis pas qu'elle n'est pas pareille du tout, non. Mais je la connais bien, moi, sa signature. Il m'envoie des mémos à chaque jour. Et il y a des différences. Le «T» majuscule entre autres... Et la barre sur le «t» de la fin. Je ne sais pas trop quoi faire, là...

— Mais enfin, implore l'autre homme, vous n'allez tout de même pas me refuser l'accès pour une question de barre sur le «t»!

«Pourvu que je n'aie pas à utiliser ça, se dit l'homme à la barbe noire en posant la main sur un objet dur et froid.»

Il se met à fouiller discrètement dans sa valise pendant que le gardien réfléchit.

Si c'était une erreur de laisser entrer le docteur Koch, il avait de quoi se défendre maintenant: «L'homme m'a présenté une lettre signée de votre main!» Pour lui, c'était suffisant.

— Allez, dit le brave gardien. Je vous montre le chemin.

C'est à ce moment que le téléphone sonne. Et que les choses se gâtent.

— Clinique «Les Hespérides», répond le gardien. Ah! Bonsoir docteur Thibault. Jupiter que ça tombe bien que vous appeliez, vous!

11

Les trois jeunes filles pressent le pas en direction du café Mithridate dont l'ouverture a été approuvée par le Conseil de ville afin de «fournir aux jeunes de moins de dix-huit ans de Cap-aux-Heurs, un établissement sain et de bonne tenue où ils pourront procéder en toute sécurité à la création de liens amicaux dans une ambiance chaleureuse et sobre».

Quand il voit les trois jeunes filles entrer, le patron du café, un homme à la moustache et chevelure de neige, au regard profond surmonté de sourcils noirs et très épais, les gratifie d'un bon sourire. En plus de servir la clientèle, il s'applique à garder un œil bienveillant mais vigilant sur tous ces jouvenceaux. En outre, il a la responsabilité d'expulser toute personne «dont l'attitude ou le propos perturbe la quiétude de l'établissement».

C'est ce qui est écrit sur son contrat.

Assises à une table à l'écart et buvant un ersatz de café, Geneviève, Valérie et Joëlle ont l'air de trois conjurées. C'est Geneviève qui a pris la parole.

— Le gars avec qui tu as parlé pendant plus d'une heure cet après-midi...

— Tu veux dire Étienne?

— Il s'appelle Étienne? Étienne comment?

— Malouin.

— Bon. Cet Étienne Malouin, méfie-toi de lui.

— Pourquoi? demande Joëlle.

— Parce que Sandrine nous a dit, poursuit Valérie, qu'elle avait vu dans son cahier de français, les noms de profs et d'élèves avec plusieurs commentaires à côté.

— On ne sait pas ce qu'il fait à la polyvalente ce gars-là, dit Geneviève, mais il a l'air d'être un espion. Et des espions, ça ne travaille pas toujours pour le gouvernement.

— Sandrine pense quoi de tout ça? demande Joëlle.

— Elle dit que c'est peut-être quelqu'un qui fait une enquête pour le ministère de l'Éducation. Essayer d'apprendre les noms des bons et des mauvais profs.

— Elle rêve en couleurs. Pour voir si le ministère de l'Éducation a le temps de s'occuper de ça. Pourquoi pas les noms des bons et mauvais élèves aussi, tant qu'à y être? s'objecte sèchement Joëlle. Voyons donc, ça ne tient pas debout, son affaire. De toute façon, Étienne est bien trop jeune. Mais une chose est sûre: ce gars-là a des choses à cacher. Comme dirait mon père: «Son affaire n'est pas claire!»

— Ce n'est pas tout, dit Geneviève. Le monde dit qu'il écoute les conversations. Il a une façon de s'approcher d'un endroit sans qu'on le remarque et là, il fouine. Gabriel dit qu'il va lui régler son cas.

— Oui, renchérit Valérie en élevant sa voix de pneus qui crissent. Surtout depuis qu'il sait qu'il a passé plus d'une heure en tête à tête avec toi. Les nouvelles vont vite, Joëlle.

— Gabriel n'a pas à se mêler de ça! réagit-elle fermement. Je n'ai de compte à rendre ni à lui, ni à personne.

— Parlant de compte à rendre à quelqu'un...

Les deux filles se regardent gravement.

— As-tu su qu'il y avait eu un autre cas? demande Geneviève.

— Oui, ils l'ont annoncé à l'assemblée municipale. Est-ce que c'est quelqu'un qu'on connaît?

Valérie et Geneviève regardent leur amie. À nouveau, malgré la chaleur qui règne dans le café, leurs lèvres se mettent à trembler.

— Joëlle... dit Geneviève.

Mais les mots ne sortent pas.

— C'est qui? leur demande la jeune fille. Mais dites-le moi!

— On t'aime tellement, dit Valérie dont la voix s'est radoucie. Et on sait que ça va te faire tellement de peine...

Joëlle écarquille les yeux, recule sa chaise et sent la peur lui saisir les tripes et serrer jusqu'à l'éclatement. L'iris de son œil brille. Elle interroge les deux filles, les implore, les supplie.

— Pas Simon, hein? demande-t-elle. Dites-moi que ce n'est pas Simon? Pas lui! Pas Simon!

Geneviève et Valérie ne peuvent que faire oui de la tête en tendant leurs bras pour saisir ceux de Joëlle. Mais elle les repousse violemment. L'abîme vient de se rouvrir et elle y est projetée encore une fois.

— Simon! Mais pourquoi ne pas me l'avoir dit plus tôt? lâche-t-elle avec colère.

— On ne savait pas comment! se défend Geneviève.

— Et de toute façon, lui murmure Valérie, tu ne peux plus rien faire pour lui.

— Il est déjà à la clinique, poursuit Geneviève. Et tu sais que le règlement est très strict en ce qui concerne les visites à cause des dangers de contagion.

Joëlle ressent confusément un demi-milliard de douleurs différentes. Cou, poitrine, ventre. Ses sentiments se mêlent en un nœud de rage et de pitié, de sympathie et de dépit.

Rage et dépit à la suite des révélations concernant Étienne. «Quel faux jeton!»

Sympathie et pitié pour Simon atteint lui aussi maintenant de ce mal mystérieux!

Et voilà! Le duo devient solo.

Elle a mis son manteau, ne l'a pas boutonné. Des yeux, elle cherche son petit sac. Malgré ses larmes qui l'aveuglent, elle s'en empare et d'un pas chancelant, elle traverse ce qui lui semble un océan de tables et de chaises. Le propriétaire du café lui fait un signe de la main.

— Où t'en vas-tu? lui demande Geneviève qui l'a rattrapée.

— Chez moi.

D'un geste, elle lui fait comprendre qu'elle a envie de rester seule, et l'autre n'insiste pas.

Mais Joëlle ne rentre pas immédiatement. Elle emprunte de nombreux détours afin de se permettre de bien absorber tout ce qui lui est arrivé aujourd'hui. D'abord Étienne,

— Sale menteur!

puis Simon,

— ...

et le docteur Thibault qui avait l'air harassé.

— Mais qui a tout de même retrouvé un peu de vigueur après l'intervention de Barbe-Noire. Comme si on avait fouetté son orgueil.

Les notes sur les profs et les élèves de l'école. Qu'est-ce que ça peut bien être? Simon. Est-ce lui qui décide ou agit-il selon des ordres qu'il aurait reçus? Simon. Et en ce cas, des ordres de qui? Elle vient de prendre une décision.

— Demain, Étienne Malouin, on va se parler toi et moi!

Quitte à être déçue. Quitte à avoir l'air ridicule. Quitte à perdre toute chance auprès de lui.

En outre, après les boniments et les mensonges dans lesquels il a tenté de l'embobiner, tient-elle encore vraiment à conserver ses chances auprès de lui? Elle ne sait plus.

Et se poser la question en ce moment, alors que Simon est entre la vie et la mort aux Hespérides, lui semble inconvenant.

12

L'aile D, avait dit le gardien. L'homme à la barbe noire n'a pas eu de mal à trouver. Mettre le gardien de la clinique hors d'état de nuire a été plus compliqué. D'un bond, il avait atteint le téléphone et pesé sur le bouton de la ligne d'attente.

— Pourquoi avez-vous fait ça? lui avait demandé le gardien, surpris.

Sans dire un mot, il avait sorti de sa poche le chiffon imbibé de chloroforme qu'il avait préparé pendant que l'autre lisait la lettre. Il avait prié pour ne pas avoir à l'utiliser et s'était cru exaucé quand le gardien avait accepté de le laisser entrer sur la foi de cette lettre. Mais voilà! Il y a eu ce malencontreux coup de téléphone du docteur Thibault.

L'homme s'était débattu et avait envoyé quelques bons coups de coude vers l'arrière. Mais tout ce qu'il avait réussi à frapper, c'était la mallette de cuir que l'étrange «docteur Koch» tenait coincée entre lui et sa victime.

Il avait ensuite assis le malheureux gardien dans son fauteuil, donnant à son corps la position d'un lecteur penché sur sa gauche. Puis il avait ouvert la revue sur le bureau, à peu près vis-à-vis de ses yeux qu'on voyait à peine à cause des lunettes. L'illusion était parfaite.

Ayant repris le téléphone, il s'était excusé auprès du docteur Thibault. Il y avait eu un autre appel sur l'autre ligne. Sans hésiter, il avait imité à la perfection la voix du gardien et son lourd accent jeannois.

— Pourquoi m'avez-vous dit que ça tombait bien que j'appelle? avait demandé Thibault.

— Parce que j'étais après m'endormir, t'sais ben! avait répondu en riant l'homme à la barbe noire.

Petit rire sec de Thibault.

— Allez! Trêve de plaisanterie, Léandre. Pouvez-vous demander à l'infirmière de garde à l'aile D de libérer la ligne téléphonique directe que j'y ai fait installer? Je ne la paie pas pour entretenir des conversations

114

avec ses petits copains. Deuxièmement, dites-lui aussi de bien s'assurer que les solutés ne sont pas infiltrés. C'est extrêmement important. Merci, Léandre. Au revoir.

Il avait raccroché.

L'autre s'était immédiatement précipité vers l'aile D. Où effectivement, la jeune infirmière travaillait fort des mâchoires et de la langue avec la complicité de Bell Canada.

— Ah! Bonsoir mademoiselle! Dieu soit loué, vous êtes là! Je suis le docteur Koch et...

Et alors que la jeune infirmière raccrochait précipitamment, il avait redit toute son histoire. Elle l'avait cru. Aucune raison qu'il en fût autrement. Le gardien l'avait laissé entrer. Le «docteur Koch» lui avait même remontré la lettre.

— Il me faut donc, dit l'homme à la barbe noire, le dossier médical complet des sept patients qui reposent en ce moment dans la salle spéciale. Mon collègue Thibault m'a dit qu'il allait vous appeler ici afin de vous dire de tout me préparer. Comment se fait-il qu'il ne l'ait pas fait?

La jeune fille rougit jusqu'à sa permanente.

— C'est que... j'ai... Il... Plusieurs personnes ont...

— Ça ne fait rien! Essayons de rattraper le temps perdu. Vite, mademoiselle, vite!

— Tout de suite, docteur!

Cinq minutes plus tard, le mystérieux «docteur Koch» se met à l'étude des dossiers. Au bout d'un moment, un premier détail le frappe.

— Tiens, tiens.

Il se met à fouiller les autres dossiers. Pinsonneau, Marcil, Blanchard, Loisel, Charest, O'Hearn, Genest, tous y passent. Et tout y est: date d'arrivée, symptômes majeurs et mineurs, diagnostic, prescriptions médicales, notes d'évolution, signes vitaux (tension, pouls, fréquence respiratoire, température), résultats de laboratoire, etc.

Après vingt minutes, il en est venu à une conclusion qui ne l'étonne qu'à moitié. Une conclusion qui aurait renversé n'importe qui d'autre.

Le docteur Thibault a la solution à leur mal! Et depuis longtemps. Il connaît la cure, le traitement qui guérira un jour ces jeunes du syndrome de Morel.

— Il y est donc arrivé, se dit le soi-disant docteur Koch. Il a le remède en main! Mais alors, qu'attend-il pour...? Tiens? Qu'est-ce que c'est cette série de tests?

Les connaissances médicales du «docteur Koch» sont très étendues. Or, les prélève-

116

ments de tissus glandulaires, l'étude de la génétique des cellules et les injections d'hormones n'ont, à première vue, rien à voir avec le syndrome de Morel. Rien. À moins que...

L'homme à la barbe noire réfléchit. Il cherche dans le tréfonds de sa mémoire. Qu'est-ce que toutes ces choses lui rappellent? Il y a très longtemps. Cette époque où il avait sa propre clinique. Et tout à coup, il se souvient!

— Ce n'est pas vrai! se dit le mystérieux homme de science. Ça veut donc dire qu'il cherche encore ça! Mais alors... Oui! Bien sûr! Voilà qui expliquerait tout.

Il doit faire vite. Copier les informations essentielles et s'en aller. Il ignore combien de temps Léandre, le gardien, restera inconscient. Il n'a pas compté exactement le nombre de secondes durant lesquelles l'autre a respiré le chloroforme. Étant dans l'aile D depuis plus d'une heure, l'homme à la barbe noire risque de s'y faire surprendre à tout moment.

Tout à coup, un bruit de moteur hydraulique. Il se retourne. Il voit les chiffres changer sur le petit écran au dessus de la porte de l'ascenseur. «RC... 1... 2...»

L'infirmière est occupée. Vêtue d'une jaquette et portant un masque chirurgical et des gants qu'elle changera entre chaque patient afin d'éviter tout danger de contagion, elle fait son tour d'inspection auprès des malades. À l'autre bout du couloir, le «docteur Koch» avise une porte de secours actionnée par une barre panique. Sans perdre une seconde, il s'y précipite, emportant le peu d'informations qu'il a réussi à obtenir.

— Ce n'est pas encore une preuve, se dit-il. Mais c'est un excellent début. Et je saurai quoi faire si un nouveau cas se présente.

Au moment de refermer la porte derrière lui, il aperçoit le gardien accompagné par Thibault lui-même surgissant de l'ascenseur et qui appelle l'infirmière. Léandre titube en se tenant la tête. Il a l'air mal à l'aise et mal en point.

L'homme à la barbe noire dévale l'escalier de secours à toute vitesse sans demander son reste. Il s'engouffre dans sa voiture, démarre et fonce droit devant.

— Personne ne me poursuit, se dit-il en regardant dans son rétroviseur. Évidemment, Thibault aura refusé qu'on appelle la police. Évidemment.

13

Il prit la hache encore pleine du sang chaud de sa huitième victime et se traîna sur sa jambe unique, s'aidant du crochet qui lui tenait lieu de main gauche, vers le dortoir où il considéra de son œil de cyclope la quarantaine de jeunes filles légèrement vêtues et profondément endormies. Il passa une langue couverte d'abcès purulents sur ses lèvres crevassées et sourit à la vue de ces biches qui se trouvaient désormais livrées à la merci de ses instincts les plus vils. La lumière des veilleuses vint mourir sur ses dents noirâtres et couvertes d'une épaisse fange alimentaire. Il s'approcha du premier lit.

Joëlle pose son livre. Décidément, elle trouve qu'Edmond Clovis, l'auteur de ce dernier *Chair de poule* — dont le titre est *La hache muette* — en a mis peut-être un peu. Tout bien considéré, cette horreur, née d'un cerveau probablement déséquilibré, lui apparaît tout à coup ridicule comparée à celle, bien réelle, des événements qui se sont déroulés à Cap-aux-Heurs depuis septembre. Voilà de quoi donner véritablement la chair de poule à quelqu'un. Tapie dans un coin, une maladie te guette et attend le moment propice pour te bondir dessus et te projeter…

…dans le froid jardin du silence,
Où les oiseaux ne chantent plus,
Où plus rien n'a plus d'importance[1]

Tiens! D'où te viennent ces vers? Ah oui! Tu te rappelles? C'est une chanson triste que ta mère chantait pour t'endormir. C'est bien, Joëlle, de te rappeler un moment de douceur avec ta mère. Comment c'était déjà?

C'est trop tard pour verser des larmes
Maintenant qu'ils ne sont plus là
Trop tard, retenez vos larmes
Trop tard, ils ne les verront pas[1]

Joëlle pense à Simon. Évidemment. Deux jours qu'il est aux Hespérides. Petit zombie au repos dans son lit. Deux jours qu'elle n'a

---

1. C'est trop tard, chanson de Barbara.

pas vu Étienne, non plus. Personne ne l'a vu. Il a disparu. Peut-être qu'il ne reviendra jamais. Joëlle en doute. Elle a senti qu'elle ne le laissait pas indifférent. Et puis quelque chose le retient à Cap-aux-Heurs. Le même quelque chose qui l'y a amené.

On sonne à la porte. Se pourrait-il que...? Joëlle se précipite pour ouvrir.

— Salut! Antoine est là?

— Non, Gabriel. Antoine avait une partie de hockey ce soir. Contre les Têtes-à-Claques de J'sais-pas-où.

— Les Cataractes, corrige Gabriel. C'est vrai! J'avais oublié. Euh... Est-ce que je peux entrer cinq minutes? Il fait froid dehors.

— Si tu veux, lui répond Joëlle, peu enthousiaste.

Gabriel entre et ferme la porte. Il regarde Joëlle. Vêtue d'un habit de jogging noir qui accentue la blondeur naturelle de ses cheveux, elle retourne s'installer douillettement sur le divan en se fichant un coussin sur le ventre. Elle reprend son livre pour bien faire comprendre à l'autre qu'elle n'a pas l'intention qu'il lui tienne compagnie ou qu'il se sente obligé de lui parler. Mais il n'y a pas pire aveugle que celui qui ne veut pas voir. Et ce soir, Jésus-Christ lui-même n'arriverait pas à rendre la vue à Gabriel.

— Tes parents ne sont pas là?

— Non.

— Ils sont où?

— Partis au cinéma, ou au théâtre, ou chez ma tante Agathe, ou en Suisse faire un peu de ski, ou en Australie pour apprendre à lancer le boomerang. Tu dois connaître ça, le boomerang? Tu sais les drôles d'affaires **qui reviennent tout le temps**?

— Pourquoi es-tu toujours bête avec moi? Qu'est-ce que je t'ai fait à part te demander si tu voulais qu'on sorte ensemble?

— Je te trouve collant, répond Joëlle sans le regarder. Je n'aime pas ça les gars collants.

Elle peut être sans pitié parfois. Elle s'en veut après coup, mais sur le moment c'est plus fort qu'elle. Elle se défend, préserve son intégrité. Elle frappe avec dureté et sans demi-mesure. Le message doit passer clairement. Pas d'ambiguïté, pas de «peut-être plus tard», pas de «je ne me sens pas prête à m'attacher». Rien de tout ça avec Joëlle Dubreuil. C'est oui ou c'est non, tout de suite ou jamais, à la folie ou pas du tout.

Avec Philippe ç'avait été «oui, tout de suite, à la folie». Avec Gabriel «non, jamais, pas du tout». Elle n'y pouvait rien. L'amour, c'est plus fort que la police.

— Mon grand-père est venu souper chez mes parents, hier. Il pense qu'il va

122

peut-être arriver à un résultat avec un nouvel instrument qu'il a fait venir d'Allemagne.

Joëlle a levé la tête. S'il est un sujet sur lequel elle ne peut garder le silence, c'est bien celui-là. Gabriel le sait.

— Quel instrument?

— Un *générotiscope* ou *génotiscope* ou quelque chose de même. C'est un nouvel instrument qui analyse les gènes des patients et qui détermine s'il y a des anomalies ou des altérations sur un des gènes. Il pense que ça peut être une base de recherche valable.

— Comment ça?

— Écoute, Joëlle, je n'ai pas tout compris.

Comme tu détestes l'entendre prononcer ton nom! Jowëlle! Sa langue s'entortille et se resserre sur le «J» comme un spasme, et le «elle» a, dans sa bouche, le tintement funeste et sombre des cloches d'église un jour d'enterrement.

— Explique-moi au moins ce que tu peux, lui rétorque-t-elle.

Le jeune homme prend bien son temps. Il s'efforce de savourer pleinement ce moment où il a l'agréable sentiment d'être important.

— Il a expliqué, commence-t-il, que chaque gène a un dessin particulier et que, grâce à cet instrument allemand, il pourrait comparer, par exemple, le gène numéro 4 de Sébastien avec le gène numéro 4 de Simon. De cette façon, il verra si c'est un gène anormal qui diminue la protection en face du virus attaquant et il pourra envisager un traitement.

— Tout ça m'a l'air compliqué. Ils ont le temps de mourir dix fois avant que ton grand-père apprenne ce qui leur arrive.

— Il fait ce qu'il peut. Il travaille sans relâche, pratiquement jour et nuit pour trouver un remède au syndrome de Mor...

Il s'interrompt et la regarde, mal à l'aise.

— Tu peux le dire: le syndrome de Morel, lui dit Joëlle avec douceur.

Elle a apprécié sa délicatesse.

— Grand-papa a mis sa main sur la mienne à la fin du repas, conclut Gabriel. Il m'a regardé droit dans les yeux et il m'a dit: «C'est pour toi que je fais tout ça, Gabriel. Pour te sauver avant qu'il ne soit trop tard.» Grand-pap' et moi, c'est spécial. Depuis que je suis tout petit. Et maintenant, je pense qu'il a maudirement peur que la maladie s'en prenne à moi. Alors il se dépêche pour trouver la solution. Si mon grand-père a l'air si fatigué c'est parce qu'il lutte contre la montre. Il veut percer le secret de cette maladie avant que j'en sois atteint. Tu ne sais pas, Joëlle, toute la gratitude que j'ai senti monter en moi à ce moment-là. Pour lui.

— Tu devrais lui dire la prochaine fois que tu le verras, suggère Joëlle. Ça va l'encourager. C'est nécessaire quand on se bat contre bien plus fort que soi.

Elle lui a mis la main sur le bras. À sa grande surprise. À elle comme à lui.

— Ton grand-père se bat contre le Temps et contre la Mort, ajoute-t-elle. Dans un sens, lui aussi cherche son Saint-Graal.

— Son quoi? demande Gabriel.

— Ah! Rien, répond la jeune fille. Une niaiserie. Laisse tomber. Bon, Gabriel, je te mets à la porte parce que je m'en vais me coucher.

— C'est correct, répond l'autre. Je partais de toute façon. Je savais qu'après cinq minutes dans ta maison, le reste, c'était du temps emprunté.

— En ce moment, on vit tous sur du temps emprunté.

Le jeune homme approuve de la tête puis, vif comme l'éclair, il se penche et dépose un baiser délicat sur la joue de Joëlle. Il ouvre ensuite la porte et laisse le froid l'envelopper à nouveau. Il ne se retourne pas.

Joëlle est montée dans sa chambre. Assise sur son lit, elle sent encore les lèvres de Gabriel sur sa joue. Tant de tendresse perdue, gaspillée. La vie est mal faite des fois, se dit-elle.

Elle ouvre le tiroir de sa table de nuit. Elle en sort son journal et la photo de Philippe après une partie de basket-ball. Ses cheveux et son visage mouillés de sueur, ses yeux mélancoliques et impénétrables, sa bouche aux lèvres un peu pincées qui lui donnaient l'air d'un enfant regrettant d'avoir commis une faute.

Car c'est du temps de leur vivant
Qu'il faut aimer ceux que l'on aime[1]

— Si tu savais comme tu me manques encore, lui écrit Joëlle dans son journal. Si tu savais combien ton amour me fait défaut. Ne t'en fais pas au sujet d'Étienne. Je ne l'aime pas. Il me ment. Et il n'est pas toi. Toi que je n'arriverai jamais à oublier. Tu sais quoi? Simon aussi est malade. Il a la maladie de Morel. Oui, mon doux amour, la même maladie que celle qui t'a emporté. Et qui porte ton nom: Philippe Morel. Elle portera ton nom pour l'éternité.

Voilà pourquoi jamais je n'arriverai à t'oublier. Ton nom est écrit en lettres blanches sur la rive sablée de neuf vies en partance.

---

1. C'est trop tard, chanson de Barbara.

14

— **T**u m'as menti!

— Assieds-toi et écoute-moi!

— Non! Toi, écoute-moi, Malouin! L'autre après-midi, tu m'as fait marcher avec tes légendes à la noix. Tout était faux dans ce que tu m'as dit, tout. «Je cherche mon Saint-Graal!» Et moi, belle imbécile, je me laissais emberlificoter, entortiller, endormir par tes belles paroles.

— Tout n'était pas faux, intervient Étienne en fermant les yeux.

— Mais il y en avait. Tu admets que ce que tu me racontais était plein de faussetés et de mensonges.

— Je n'avais pas le choix.

— Comment «pas le choix»? Je ne crois pas à ça. On a toujours le choix de faire ou de ne pas faire confiance à quelqu'un.

Joëlle était furieuse. Philippe, Simon, la visite de Gabriel aux nouvelles peu encourageantes, les mensonges d'Étienne: c'en était trop. Et c'est ce dernier qui payait pour.

— Je mène une enquête qui doit demeurer ultra-secrète. Si on la découvre, ma mission sera automatiquement compromise. Elle échouera. Et trop de vies en dépendent.

— Ta mission? Quelle mission? Qu'est-ce que c'est encore cette nouvelle invention?

Étienne hésite un peu avant de répondre.

— Nous avons toutes les raisons de croire qu'une drogue dangereuse circule actuellement dans l'école et qu'elle serait la cause de l'épidémie.

— Qui «nous»?

Le jeune homme marque un temps d'arrêt. Il réfléchit.

— Tu es mieux de me le dire, Étienne, sinon je me lève et je vais tout raconter à M. Jeannotte.

— Et tu me demandes de te faire confiance? éclate l'autre.

D'un solide coup de pied, il frappe une chaise de la classe et celle-ci vole littéralement à travers la pièce avant d'atterrir sur un pupitre dans un fracas épouvantable.

— Tu me demandes de te faire confiance alors que pour tout et pour rien, tu m'as déjà menacé par deux fois d'aller me dénoncer? Comment diable espères-tu gagner ma confiance avec des tactiques pareilles. Tu ne comprends rien, chérie de mon cœur!

Joëlle ouvre de grands yeux et serre les poings. Elle s'efforce de maintenir sa voix sous le seuil des 80 décibels.

— Je ne suis pas, dit-elle, je n'ai jamais été, et je n'ai pas du tout l'intention de devenir, ni maintenant ni dans les vingt-cinq prochaines vies, la chérie de ton cœur!

— Alors cesse de me poursuivre! lui dit Étienne.

Il entreprend une manœuvre pour se diriger vers la sortie, mais Joëlle lui bloque la retraite.

— Non mais, tu me prends pour qui? lui demande-t-elle. T'imagines-tu que je n'ai pas vu clair dans ton jeu? Tu viens de changer le sujet et tu penses t'en tirer comme ça. Mais j'ai des nouvelles pour toi, Malouin, tu ne sortiras pas d'ici tant que tu ne m'auras pas dit ce que je veux savoir!

— Mais qu'est-ce que tu veux savoir à la fin?

— Qu'est-ce que tu es venu faire ici?

— Repérer un ou plusieurs trafiquants de stupéfiants qui sont en train de

transformer cette ville en usine de comateux!

— Pour qui travailles-tu?

— Je suis un agent d'infiltration de la
GRC! Là, t'es contente!

Le ton baisse un peu. Joëlle réfléchit.
Tout concorde. Les noms des suspects, élèves
et profs. Son mutisme à lui. Son adresse
dans l'art d'écouter sans être vu. Elle a déjà
entendu parler de l'existence de tels agents.
Des jeunes de dix-neuf ou vingt ans qu'on
recrute dans les écoles de policiers à cause
de leur visage qui a conservé un aspect
adolescent, et qu'on forme afin d'en faire
des agents d'infiltration dans des établisse-
ments scolaires.

— Connais-tu une drogue du nom de
king kong?

— Non, répond Joëlle.

— Elle est pire que le *crack* qui pourtant,
tu es au courant, crée une accoutumance
quasi instantanée.

— Pourquoi est-elle pire?

— Elle est plus forte, plus nocive et
surtout plus discrète. On peut en prendre
en buvant son lait, en mangeant un sand-
wich ou en fumant une cigarette.

— Qu'est-ce que tu racontes? Philippe
et Simon ne prenaient pas de drogue, j'en
suis persuadée.

130

— On ne peut jamais jurer de rien, Joëlle. Mais même si tu as raison, cette drogue a également ceci de très dangereux: on peut en faire prendre à quelqu'un sans qu'il le sache.

— Sans qu'il le sache?

Joëlle reste bouche bée après les révélations d'Étienne. Qui? se demande-t-elle. Qui peut avoir drogué ses amis? Et pourquoi?

— La première fois, pour créer l'accoutumance. L'élément accrochant de cette drogue est justement l'élément qui la rend si dangereuse et qui les plonge aussi rapidement dans un état comateux. Après leur avoir fait prendre ce poison à leur insu, les trafiquants vont vers eux, discrètement. «Qu'est-ce que t'as? T'as pas l'air de filer, *man...*» Ils leur proposent de leur vendre quelque chose qui leur ôtera leurs maux de tête, ou leurs maux de ventre ou peu importe de quoi ils se plaignent. Et ça ira mieux. Une petite dose économique la première fois. Puis une plus forte, la deuxième. Puis une plus forte et surtout plus chère, puis encore une, et encore, et encore. Le truc classique, quoi.

— Mais comment se fait-il que je ne me sois aperçue de rien?

— Quand ils sont sur la *king kong*, les jeunes n'ont aucune différence majeure de

131

comportement. Ils jouissent d'une perception du monde plus aiguë, plus subtile et ils se sentent bien. Aucune douleur. Ils peuvent même devenir d'une adresse extrême à des jeux de précision comme le billard ou...

— Les fléchettes?

— Ben oui, les fléchettes.

Joëlle n'ose ajouter foi à de pareils propos. Ses deux meilleurs amis étaient sous l'emprise d'une drogue et elle ne s'en est même pas rendu compte. Elle aurait dû, pourtant.

— Philippe, Simon. Pourquoi ont-ils fait ça? Pourquoi se sont-ils fait ça?

— Ils ne savaient pas, Joëlle. La première dose leur aura été passée en douce. Puis, quand le poisson a été ferré,...

— ... les autres n'ont eu qu'à tendre l'épuisette.

Tout à coup, une voix surgit derrière eux.

— Qu'est-ce que vous faites ici, vous deux?

C'est Albert, le surveillant de niveau.

— Vous savez que les locaux de classe sont interdits aux élèves en dehors des heures de cours?

— Mais oui, Albert, rétorque Joëlle sur un ton impatient. On s'en allait.

— Et la chaise là-bas! Qu'est-ce qu'elle fait là?

— Je ne la vois pas en train de faire quoi que ce soit, se moque Étienne.

— Le jeune! Fais pas ton *smat*...

Étienne se lève et glisse son bras sous celui de Joëlle.

— Viens, dit-il.

— Où ça?

— Chez moi. Je t'invite à souper.

— Il vaudrait peut-être mieux avertir ton père avant, non?

Le garçon sourit.

— Il ne soupera pas à la maison ce soir et il risque de rentrer tard. Alors, tu viens?

La jeune fille s'empare de son manteau et de son sac, et rend son sourire à Étienne. Le premier sourire dont elle le gratifie depuis longtemps.

— Allons-y, dit-elle.

15

Qu'est-ce que je fais? Je manque un cours, là. Peut-être plus. Et mes travaux ne sont pas finis. Joëlle s'inquiète sûrement. Elle me cherche partout dans l'école.

Mais non, idiot. Elle est avec l'Autre. Tu sais bien. Celui à qui tu as arraché un bras. Les deux. Les yeux. Les yeux dans les yeux.

Mais qu'est-ce que tu racontes? Simon n'a jamais arraché les bras à qui que ce soit. Je sais de quoi je parle. J'étais là quand il jonglait. Avec quoi déjà?

Tu vois, hein? Tu vois!

Ah! Toutes ces voix! Si seulement quelqu'un pouvait m'enlever ce fichu *baladeur des oreilles que je n'entende plus toutes ces voix!*

Ouvrir les yeux...

Je meurs d'envie d'ouvrir les yeux. Coucou! Je suis là!

Un petit effort. Une lumière bleue. Comme l'amour. Qu'est-ce que j'en sais? Avec qui ai-je déjà connu l'amour?

Ouvrir les yeux...

— Docteur Thibault! Je crois qu'il vient d'entrouvrir les yeux!

Le médecin se précipite. Il bouscule l'infirmière sans ménagement et se penche sur le corps enfiévré de Simon. Du pouce, il soulève les paupières. Membrane blanche et vide.

Aaaaah! Mes yeux s'ouvrent... Petit coup de pouce du bon docteur! Merci doc!

— Non, garde. Pur réflexe oculaire. Un nerf qui s'est détendu subrepticement. Il n'y a pas de rémission. L'état semi-comateux persiste.

— J'aurais pourtant mis ma main au feu que..., poursuit l'infirmière.

— Que quoi? l'interroge Thibault avec une impatience non dissimulée.

— ...qu'il m'avait **regardée**!

— Garde Jodoin, lui dit Thibault dont le ton est redevenu chaleureux et paternaliste, c'est votre fibre maternelle qui réagit. Tous ces jeunes sont comme vos enfants et vous espérez tellement les voir s'en sortir...

— Autant que vous, docteur, interrompt la brave femme. Autant que vous.

— Évidemment! Allez donc prendre les signes vitaux de Marcil. Je vais finir de placer les draps de notre ami au regard si... enjôleur!

— Bien docteur.

Quand elle s'est éloignée, le docteur Thibault tire une mini lampe de poche de son sarrau et réexamine les yeux de Simon. Il range ensuite son instrument et vérifie le débit du soluté. Il l'augmente légèrement et s'assure que la veine du bras n'est pas obstruée. Il constate avec satisfaction un relâchement musculaire: les bras et les mâchoires particulièrement. Il vérifie le pouls. Celui-ci a ralenti encore.

— Alors mon petit bonhomme, murmure-t-il. Avais-tu l'intention de t'en sortir aussi vite?

16

Étienne et Joëlle se sont régalés d'un excellent bœuf Strogonoff sur lit de nouilles aux épinards. Durant le repas, Étienne y est allé de nombreuses précisions sur le métier d'agent d'infiltration avec la promesse de Joëlle qu'elle ne dirait rien à personne.

Ils se sont ensuite installés au salon. Joëlle ressent un malaise. Doit-elle rester? Doit-elle partir? Le soir est tombé et l'ambiance de la maison a changé. Imperceptiblement. L'intimité les enveloppe tous deux. Même le ton de leur voix a changé. Il est plus feutré, plus caressant.

Assis par terre, ils écoutent un disque de jazz.

— Ça ressemble à la musique de mes parents...

— Veux-tu que je mette autre chose? J'ai des trucs qui sont plus de ton époque, si tu veux.

Joëlle se redresse brusquement. Elle examine Étienne avec un petit sourire où perce l'ironie.

— *Ton* époque? Quel âge as-tu, toi? Soixante-douze ans peut-être? C'est pas parce que tu as une dizaine de mois de plus que moi que tu peux te permettre de jouer au gars mûr, tu sais.

— Je voulais dire de *maintenant*, se reprend Étienne. Alors?

— Non, c'est correct. Laisse cette musique-là. C'est doux. Je déteste pas ça.

Ils parlent. Longuement. Des cours. De leurs rêves secrets. De ce qu'ils attendent de la vie. Et plus le temps passe, plus le garçon se sent attiré par les lèvres de Joëlle comme le métal par l'aimant. Il se décide et s'approche. Joëlle sait ce qui s'en vient. Mais ce n'est qu'à quelques secondes du baiser qu'elle saura si elle en a envie.

— Non, Étienne!

Elle le repousse. Avec autant de délicatesse que possible. Il ne pose pas de questions. Durant le repas, elle lui a parlé de Philippe, de Simon. Il a compris. Il espère seulement ne pas avoir tout bousillé. Il lui offre une tasse de tisane.

— Une menthe? Ça détend.

— Le monde ou l'atmosphère? demande malicieusement Joëlle.

Ils passent le reste de la soirée à parler de tout et de rien. Puis Étienne s'absente. Besoin naturel. La tisane ne fait pas rien que détendre. Joëlle en profite pour visiter un peu.

Pas de photo sur les murs. Des reproductions d'art. Jolie cuisine. Deux chambres: une pour papa, une pour fiston. Celle de papa est dans un ordre parfait. Celle de fiston, dans un état de délabrement avancé. Elle y entre. Sur les murs, des affiches laminées de films, de vedettes de musique ou de cinéma. Tous connus. Sauf une. Il s'agit d'un dessin fait au fusain d'un homme au regard étrangement triste. «Goethe» lit Joëlle au bas de l'affiche. «Je me demande bien qui c'est...»

Table de travail: deux tréteaux sur lesquels reposent une grande surface en mélamine. Un bazar incroyable dans les tréteaux. Une photo qui dépasse. Elle tire dessus, curieuse de voir de qui elle est. Une pile de papiers tombe par terre. Elle ne s'en préoccupe pas tout de suite.

La photo est celle d'un homme. Un homme qu'elle a déjà vu quelque part. Elle l'examine. Elle creuse au fond de sa mémoire. Mais rien à faire.

Ce n'est que plus tard que ça lui reviendra.

Et dans des circonstances pour le moins inattendues.

Elle remet en place photo et papiers. Elle s'arrête soudain. Ces papiers sont des reproductions d'un extrait de naissance portant le sceau d'une paroisse — Saint-Grégoire — et la signature d'un curé du nom d'Ernest Lacombe. Mais il n'y a ni nom ni date de naissance. Cependant, le document est authentique. Il ne s'agit pas d'une photocopie, mais bien d'un extrait de naissance tout ce qu'il y a de plus officiel.

Et il y en a une trentaine. Qu'elle s'empresse de remettre soigneusement à leur place.

Qu'est-ce qu'Étienne peut bien fabriquer avec ça?

Peut-être est-ce pour faciliter son inscription dans les écoles où ses différentes missions l'envoient? Mais pourquoi les garder ici? Est-ce que la GRC ne serait pas mieux de les lui fournir un à la fois, au moment de sa nouvelle assignation? À moins que ses histoires de GRC ne soient encore qu'un mensonge de plus.

Brusquement, une voix derrière elle.

— Qu'est-ce que tu fais là?

Étienne est là. Il sourit.

— Rien du tout. J'étais juste curieuse de voir ta chambre, tes affaires. Les livres que tu lis.

— Ben voilà! dit Étienne candidement. Rien d'extraordinaire comme tu peux voir.

— En effet.

— Viens. Il y a un bon film à la télé en ce moment. Je te raccompagnerai à ta maison après.

Joëlle passe devant. Étienne, l'air inquiet, jette un coup d'œil rapide dans sa chambre.

A-t-elle eu le temps de voir quelque chose? se demande-t-il.

«Imprudent! crie la voix de sa conscience, enfin libérée. Imprudent et inconscient! Totalement dénué du moindre sens commun! Et égoïste aussi! Parce que lorsque tu auras complété ton travail ici, qu'adviendra-t-il de cette pauvre jeune fille que tu es en train de séduire, hein?»

Ils s'installent tous les deux avec une seconde tasse de tisane. Le film est loin d'être ennuyeux. L'histoire d'un garçon qui cherche à sauver son meilleur ami de la folie après que celui-ci ait été blessé au Viêt-Nam. Obsédé par le désir de voler depuis son enfance, il se croit en mesure de devenir un oiseau et ainsi d'échapper à toutes les misères du monde terrestre. Dont la guerre. Malgré l'intérêt du film, Joëlle tombe endormie avant la fin.

Et quand elle ouvre les yeux, une silhouette massive se tient debout au-dessus d'elle. Elle pousse un petit cri de stupeur et cherche Étienne des yeux. Sa place est vide.

— Je vous ai fait peur? demande la silhouette avec une voix rauque. Je m'en excuse.

Cette voix, elle la reconnaît. Et l'homme aussi. C'est Barbe-Noire! Celui de la réunion du Conseil municipal. Et aussi l'homme de la photo qu'elle avait trouvée dans la chambre d'Étienne. Mais sa barbe était plus longue. Et ses cheveux aussi. Sur la photo, il n'avait pas encore sa queue de cheval et sa barbe était plus drue. Il était plus jeune aussi. Voilà pourquoi elle ne l'avait pas reconnu tout de suite.

— Mon fils Étienne est monté se coucher, dit-il de sa voix de revenant. Il vous avait installée sur le fauteuil, pensant que vous passeriez la nuit ici. Est-ce que c'était ce que vous aviez convenu de faire? Parce que dans ce cas...

— Non, non, proteste Joëlle. Il faut que je rentre.

— Ah? Alors habillez-vous, je vous raccompagne.

Ainsi donc, Barbe-Noire est son père. Comme le monde est petit, se dit Joëlle.

Elle enfile son manteau et chausse ses bottes à toute allure car Barbe-Noire semble épuisé et plutôt contrarié de faire le taxi à... minuit dix!

L'homme a l'air plus vieux de près que de loin d'ailleurs. De lourdes poches sous les yeux et de multiples rides sur le front et au coin des lèvres trahissent la quarantaine agonisante.

Chemin faisant, ils n'échangent pas dix mots. Joëlle remarque que Barbe-Noire a le même nez que son fils. Un nez parfait. Un nez qui ne cherche pas à prendre plus d'importance qu'il ne faut. Discret, régulier, équilibré. Bref, un très joli nez.

En descendant de l'automobile, il lui murmure un vague «bonsoir» auquel elle répond par un timide «merci, bonsoir». Elle marche ensuite le long de l'allée double du garage et se retourne pour voir la voiture de Barbe-Noire faire demi-tour et s'enfoncer, comme un vaisseau fantôme, dans les ténèbres froides et endormies.

— Quelle étrange famille! se dit Joëlle.

17

Les jours passent. Aucune nouvelle de Simon. Ni des autres. Pour Joëlle, «état stable» sonne de plus en plus comme «détestable». Elle veut du neuf! Tout est en stagnation. Comme les eaux croupies d'une mare.

— Bonjour tout le monde!

«Tiens, parlant de stagnation! se dit Joëlle, méchamment.» C'est son père qui vient de rentrer. Et qui se jette immédiatement sur le courrier en lançant son inévitable:

— Alors? Quoi de sept? Quoi de huit? Quoi de neuf?

Qui n'écoute pas vraiment la réponse de Joëlle lui racontant que la femme de ménage n'a pas pu venir ce matin parce qu'elle s'est fait attaquer par un ours polaire affamé.

— Mmmmm. Dommage, répond-il distraitement. Est-ce qu'elle va venir demain?

Joëlle décide d'en mettre, juste pour voir.

— Je ne pense pas, non. Elle a convaincu la bête de ne pas la tuer et elle est partie vivre avec lui dans un orphelinat pour pingouins battus.

— Tant mieux, répond-il, le nez plongé dans une lettre d'un important ministre japonais. Et ta mère?

— Maman a le doigt coincé dans la porte d'un sous-marin en route pour les Indes. Elle a appelé pour dire qu'elle serait peut-être en retard pour souper, mais qu'elle rapporterait deux kilos de poudre de cari.

— Bon. En autant qu'elle ait appelé, rétorque-t-il, toujours absorbé par la lettre de son homologue nippon. Et on mange quoi pour souper?

— De la cervelle de babouin rôtie sur une tranche de fromage moisi accompagnée d'un gratin de nombrils de chèvres à la pâte dentifrice.

— Ça m'a l'air délicieux. Tu t'en occupes?

— Oui papa. Tout de suite après mon avortement.

— Parfait. Je monte me changer.

148

— Je vais inviter mes amies à venir regarder.

— Farceuse! lui lance son père du haut de l'escalier.

Joëlle se dirige vers la cuisine. Au bout d'un moment, son père l'appelle:

— Au fait, Joëlle! Tu sais l'histoire que tu m'as racontée il y a quelques jours au sujet de cet ami qui travaillerait pour la GRC. J'ai vérifié par curiosité auprès de tous mes chefs de secteur. Il n'y a aucun agent d'infiltration qui travaille en ce moment à ton école. Ton petit copain t'a conté des histoires. Probablement un mythomane qui espérait se rendre intéressant.

M. Dubreuil vient d'entrer dans la cuisine.

— Mais avertis-le donc! Se faire passer pour un agent de police est un crime grave, punissable d'une forte amende et même d'une peine de prison. Dis-lui que c'est moi qui t'ai fait dire ça. Ça devrait lui ôter l'envie de recommencer.

— Et comment que je vais lui dire! fulmine Joëlle. Elle avait donc eu raison.

Il y a deux jours, alors qu'elle était seule avec son père — et, denrée rare, qu'elle avait son attention! — elle l'avait interrogé sur les agents d'infiltration. Son père lui avait confirmé leur existence. Puis elle lui avait parlé d'Étienne.

— Écoute ça papa, c'est drôle. À l'école, il y a un gars qui n'arrête pas de faire l'intéressant devant moi. Il me dit qu'il est un agent secret et qu'il travaille sur une mission très dangereuse... et patati et patata. Un vrai fou!

Elle lui avait dit cela sans y mettre trop de gravité, pour ne pas l'inquiéter et pour ne pas attirer d'ennuis à Étienne. Si ce qu'il avait dit était vrai, ses supérieurs pourraient lui reprocher un aussi grave manquement au secret.

Elle avait ri. Puis, avec l'air de celle qui se prépare à jouer un bon tour, elle lui avait dit:

— Pourrais-tu voir si c'est vrai tout ça, toi?

— Pour un haut fonctionnaire au ministère de la Justice, il n'y a rien de plus facile, lui avait répondu son père, trop content de pouvoir mettre ses compétences au service de son adolescente de fille. Tu vas voir, on va lui dégonfler la balloune à ton James Bond.

— Et si c'est vrai?

— Joëlle, si c'était vrai, jamais un véritable agent de la GRC ne se serait vanté de ça. Même pas pour faire briller tes beaux yeux!

150

Et ce soir, son père vient de lui confirmer qu'elle avait vu juste. Le bel Étienne lui a de nouveau menti.

M. Dubreuil se penche au-dessus du chaudron où mijote une cassolette de fruits de mer. Il l'examine un instant puis, tapant sur l'épaule de Joëlle, il lui murmure:

— Ta cervelle de babouin a une drôle de couleur, ma fille. Tu devrais peut-être y ajouter un peu de pâte dentifrice...

18

— Je suis le «gardien» du docteur Thibault!

La scène dégage un relent de déjà vu. Debout devant Joëlle, les deux bras croisés, Étienne fait à nouveau face à un feu roulant de questions. La jeune fille, elle, fait les cent pas en donnant de temps à autre un petit coup de poing sur la porte d'un casier. Elle l'a attendu plus d'une demi-heure devant le sien et elle entend bien obtenir des explications qui, cette fois, la satisferont.

— Bon! Encore une de tes histoires à dormir debout! Mais quand as-tu décidé que la vérité et toi étiez des ennemis jurés, Malouin? Quand vas-tu avoir assez de courage pour enfin me la dire?

— Cette fois, **c'est** la vérité! Enfin... c'est une partie de la vérité. Quant au reste, je ne peux pas t'en parler!

Le pauvre Étienne a l'air complètement désespéré. Traqué. Il cherche à parler, mais ne parvient qu'à faire mourir plusieurs débuts de réponses dans un souffle. Chaque fois, il se reprend et chaque fois, la phrase ne se termine pas. «Je ne dois pas...» et il expire. «Tu ne pourrais pas...» et il expire. Et il regarde le plafond. Et il a les yeux de quelqu'un qui ne sait pas nager et qu'on s'apprête à jeter dans les eaux froides de la mer de Beaufort.

— Encore des mystères! Encore des demi-aveux! J'en ai assez de toi, Malouin! Salut! Je m'en vais tout raconter à Jeannotte.

Étienne lui barre la route. À cette heure, le vestiaire est vide. Joëlle est coincée entre deux rangées de casiers. Par la fenêtre derrière elle, la lumière du soleil, déjà bas en cet après-midi d'hiver, découpe parfaitement sa jolie silhouette.

— Oh non, ma petite! Pas si vite! C'est toi qui vas m'écouter à présent! Tu as voulu ouvrir la boîte de Pandore? Eh bien, tu vas regarder dedans!

— Qu'est-ce que c'est encore que cette boîte de Pandore? Décidément, Malouin, tu aimes ça parler en paraboles, hein? Faire sentir aux autres que tu es supérieur, que tu en sais plus qu'eux!

Étienne pousse un soupir agacé. Il constate qu'il a encore un bon bout de chemin à parcourir avant de même espérer la convaincre.

«Pourquoi ne pas lui avoir tout dit tout de suite? se demande-t-il. Tu aurais pu t'en faire une alliée. Mais la solitude, hein Étienne? Toujours cet obligatoire refus de l'autre. Exécuter la tâche en évitant l'attache. Inutile et dangereuse. Tu pensais pouvoir tout faire et t'éclipser avant que la vérité ne sorte. Mais hélas, cette petite n'est pas comme tout le monde.»

— Tout ce que je veux te dire, répond Étienne, c'est que Thibault n'est pas l'ange qu'on prétend faire de lui! Mon père le tient à l'œil depuis longtemps. C'est un arriviste, un assoiffé de gloire. Mon père est convaincu que Thibault possède depuis longtemps le remède au syndrome de Morel. Il l'aurait découvert très peu de temps après l'arrivée des premiers patients.

La nouvelle a l'effet d'une bombe. Joëlle s'assoit sur le petit banc sous la fenêtre. Elle tente de se ressaisir. Une quantité innombrable de questions lui viennent à l'esprit: le docteur Thibault laisserait-il volontairement tous ces malheureux prisonniers de leur coma? Mettrait-il de façon consciente toutes ces vies en péril? Aurait-il été en mesure de sauver Philippe? L'a-t-il laissé mourir sans rien faire? Mais pourquoi?

«Ah! Voilà où ça cloche! se dit-elle. Pourquoi se serait-il donné tout ce mal? S'il cherche la renommée, quoi de mieux pour l'obtenir que de trouver le remède à une nouvelle maladie. Ton histoire ne tient pas, Malouin!»

— Comment sait-il ça, ton père? lui demande Joëlle afin de coincer Étienne et le confronter à son mensonge.

— Il est entré à la clinique, a «convaincu» le gardien de le mener à l'aile D et a eu accès aux dossiers médicaux des patients. D'après les doses administrées de différents médicaments, mon père s'est rendu compte que Thibault possède le remède à la maladie de Morel. Tout ce qu'il aurait à faire c'est d'augmenter la dose et équilibrer certains effets secondaires de ces médicaments par une autre drogue. Mais il ne fait qu'en administrer juste assez pour maintenir les patients en vie.

Une rumeur circulait en effet dans l'école. Un homme se serait introduit dans la clinique le soir de l'assemblée municipale. Ce qu'il voulait y faire, tout le monde l'ignore et la rumeur ne le disait pas. Et, comme toutes les rumeurs, celle-ci s'était éteinte, cédant sa place à une autre.

Étienne en a eu vent, se dit Joëlle, et a décidé de s'en servir. Voilà tout.

— Ton histoire ne tient pas, Malouin! proteste Joëlle. S'il est si assoiffé de gloire que tu le dis, pourquoi ne guérit-il pas Simon? Et Blanchard, Marcil et Pinsonneau? Pourquoi ne rend-il pas ses découvertes publiques?

— Pour faire monter les enchères, voyons!

— Je ne te suis pas.

— C'est pourtant si simple. Tiens, prends le sida par exemple. Si dix ou onze mois après les premiers cas du syndrome d'immuno-déficience acquise, on avait découvert une cure, tu crois que cette maladie aurait fait parler d'elle autant qu'on en parle aujourd'hui? Bien sûr que non. Une maladie vaincue perd rapidement tout intérêt. Quand est-ce qu'on entend parler de la poliomyélite ou du scorbut de nos jours? Jamais! Et tu verras: quand un vaccin contre le sida sera mis au point, ce sera la même chose. Il cessera d'être le centre des conversations. Et c'est normal.

D'ailleurs, ce que fait le docteur Thibault sert un double intérêt. D'une part, il cultive dans l'attente la gloire qu'il tirera de la «découverte» de son traitement et, d'autre part, il enrichit sa clinique de nombreuses subventions du secteur public et privé pour poursuivre ses recherches. Une importante chaîne pharmaceutique financerait ses travaux par tranches de centaines de milliers de dollars, paraît-il. Peut-être même qu'elle aussi est dans le coup. Mais j'en doute. Ce n'est pas le genre de Thibault. Pour garder le contrôle, il faut mettre le moins de gens possible dans le secret.

— Comment sais-tu tout ça?

— Depuis de nombreuses années, mon père mène une enquête sur lui pour le compte d'une revue scientifique très sérieuse. Sur lui et d'autres fraudeurs médicaux de son espèce. Mon père est un journaliste enquêteur avec une solide formation médicale. Il sait de quoi il parle et sur quoi il écrit.

«Son enquête a débuté avec un cas. Puis il a découvert que ce genre de pratique était plus fréquent qu'il ne le croyait. Tu vois Joëlle, pour beaucoup d'hommes et de femmes, l'argent, l'ambition, la célébrité, la renommée sont devenus un accès à l'immortalité. C'est le salut de l'âme de notre époque! Le tremplin vers les étoiles! Le... — il hésite — le Saint-Graal des années 2000! Tu te souviens quand je t'ai parlé du Saint-

Graal? Eh bien, crois-moi, dans celui-ci, de plus en plus de gens veulent tremper les lèvres.»

Il l'observe. Ses explications ont-elles atteint leur but? Est-elle convaincue? Elle regarde dehors. Le soleil se rince l'œil une dernière fois sur la terre et découpe dans la fenêtre aux carreaux irisés, son adorable profil.

«Comme elle est belle! se dit Étienne. Comme j'aimerais me confier, lui en dire plus. Tout. Mais plus elle en apprendrait sur moi et moins il y aurait de chance qu'elle me croie.»

Il attend son verdict.

— Alors tout le reste était faux? demande-t-elle.

— Pas tout à fait faux, pas entièrement vrai: un mélange. Je ne suis pas de la GRC, il n'y a pas de trafiquants de drogues. Mais j'enquête ici pour aider mon père. Je prête l'oreille. On cherche l'origine de la maladie maintenant. Il se pourrait que...

— Et ce que tu m'as raconté aujourd'hui, est-ce tout vrai? le coupe Joëlle. Tout faux? À moitié vrai? Une part de vérité dans quatre parts de mensonges? Comment savoir avec toi, Malouin?

— Tout ce que je t'ai dit aujourd'hui est vrai!

— Tout? Toutoutoutoutout? Vraiment?

Il hésite. Son regard fuit celui de la jeune fille. Il a envie, tellement envie de s'ouvrir. Mais son instinct refuse.

— Dans une certaine mesure, oui, laisse-t-il tomber.

Joëlle éclate. «Dans une certaine mesure», «À peu près vrai», «Pas entièrement faux». Elle en a assez de tout ça!

— Et dans l'autre, hein? Il y a quoi dans l'autre mesure? Quel nouveau lapin vas-tu encore me sortir la prochaine fois, Étienne Malouin?

— Pas de lapin.

Les larmes lui montent aux yeux. Pas de tristesse. Des larmes qui viennent du fond de soi quand on est très en colère.

— Tu sais quoi, Étienne? Tu es le premier gars de qui j'étais prête à me faire aimer depuis Philippe. Mais la gaffe, mon vieux! Menteur, hypocrite, faux jeton! Et tu penses que je vais retomber une troisième fois? Et les dizaines de baptistaires que j'ai trouvés dans ta chambre? Quand comptais-tu m'en parler? Ça rentre où ça, dans ton histoire?

— Je ne peux rien te dire là-dessus parce que ça n'a rien à voir.

— Bien sûr!

— Écoute Joëlle...

— Non! Il n'y a pas d'«Écoute Joëlle...»! Toi qui es fort sur les fables, les paraboles et les proverbes, connais-tu celui qui dit: «Joue-toi de moi une fois, honte à toi; joue-toi de moi deux fois, honte à moi!»? On est rendus à trois fois, Malouin! Qui va avoir honte après que tu t'es joué de moi trois fois, hein? Qui? Personne, mon bonhomme! Parce qu'il n'y en aura pas de troisième fois. Tu...

— Joëlle?

Valérie et Geneviève viennent de surgir dans la salle. Quand elles aperçoivent leur amie avec Étienne, elles semblent aussi à l'aise que deux lutteurs sumo en tutu.

— On te cherche partout. Tu n'as pas remis ton labo de simulation au prof de chimie. Ronald t'attend au local d'informatique.

— J'étais dans sa classe il n'y a pas une heure, rage-t-elle. Il n'aurait pas pu m'y faire penser à ce moment-là!

Joëlle murmure un mot qu'il est préférable de ne pas répéter et se précipite vers la sortie. Les deux filles restent là.

— Joëlle! crie Étienne. Attends! Tu ne m'as pas laissé finir! J'ai besoin de toi! Chaque minute compte! Tu dois me croire! Mon père pense que la maladie de Morel est... Joëlle!

Mais Joëlle ne l'écoute plus. Elle a refermé la porte de la salle des casiers (claqué aurait été plus exact). Les explications du jeune homme ont échoué. Étienne s'assoit sur le bord de la fenêtre. Lui aussi a l'air fatigué, épuisé.

— Oh! Et puis j'en ai ma claque de tout essayer d'expliquer.

— Si tu lui avais dit la vérité la première fois, lui fait remarquer Valérie avec sa voix de fausset, tu ne serais pas obligé de lui courir après maintenant.

Stupeur chez Étienne. Qu'est-ce que ces deux petites péronnelles peuvent en savoir?

— Qu'est-ce que vous en savez, vous autres? leur envoie-t-il sur un ton acide.

— On se parle, Joëlle et nous, rétorque Geneviève. On est des grandes amies. On le sait que t'es un champion dans l'art de raconter des histoires.

— La vérité peut être si incroyable, répond gravement le jeune garçon pour lui-même, qu'il est parfois préférable de tenter de s'en tirer à l'aide d'un mensonge. Mais la cause est bonne et elle est tout ce qu'il y a de vrai. Si on ne m'aide pas, vous courez tous un grave danger. Tous les jeunes de Cap-aux-Heurs!

— Qu'est-ce que tu veux dire? demande Valérie qui est de loin la plus curieuse et la plus risque-tout des deux.

— Écoutez! Je vous connais à peine toutes les deux, mais je n'ai plus le choix. Quelqu'un doit absolument m'aider et je comptais un peu sur Joëlle. Le temps presse. Vous dites que vous êtes des amies de Joëlle, ça va devoir me suffire pour vous faire confiance. Il me faut absolument obtenir certaines informations sur les élèves qui souffrent du syndrome de Morel: fiche médicale, famille, concentration et choix de cours, etc. Mais je ne sais pas comment m'y prendre pour les obtenir.

Geneviève et Valérie se regardent. Toute cette ambiance de mystère et de secrets les excite au plus haut point. Mais qu'en est-il d'Étienne? Peut-on lui faire confiance? Leur intuition leur dit que oui. La fin justifie les moyens. Et elles le croient quand il affirme qu'un grave danger menace les jeunes de Cap-aux-Heurs. Ce syndrome qui ne cesse de frapper. Au hasard. Demain, à qui sera le tour? Et à quand le leur?

Cette consultation silencieuse a duré une demi-minute tout au plus. Geneviève se retourne vers Étienne et lui annonce:

— Pour ce qui est du dossier personnel des élèves, je pense qu'il y aurait toujours un moyen.

— Bon, allons-y! On va commencer par ça.

Il les regarde de ses grands yeux et, utilisant tout son charme en réserve, leur sourit du coin de la bouche avant d'ajouter:

— Merci, les filles.

— Tu es mieux de pas être le genre cross...

— Valérie! coupe Geneviève à temps.

— Tu es mieux de pas être le genre «facsimilé», se reprend Valérie. Sans ça, on va te revirer l'intérieur à l'extérieur, comme un gant! C'est clair?

— Tout à fait. Mais ne craignez rien. Comment allez-vous faire? Je veux dire: les informations que je désire sont confidentielles.

— Fais-nous confiance! lance Geneviève. Sans le savoir, tu pouvais pas mieux tomber en nous demandant à **nous** de t'aider à obtenir ce que tu veux.

— Vous savez comment faire pour avoir accès aux dossiers? s'exclame-t-il.

— Il y a un jeune cégépien qui travaille au secrétariat général, le soir. Il classe des dossiers, je pense. Une job plus ou moins bidon: c'est le neveu du directeur général. De toute façon, il a un œil sur tout ce qui porte une jupe, une robe... ou que la Nature a bien pourvu, si tu vois ce que je veux dire.

Étienne réprime à peine un sourire. Valérie et Geneviève sont probablement les

164

plus extravagantes jeunes filles qu'il ait rencontrées depuis un certain temps.

— Oui, confirme l'autre en secouant son épaisse crinière auburn. Je le sais parce qu'on a déjà eu besoin de son «aide» pour différentes petites choses. Entre autres pour que Geneviève obtienne le numéro de téléphone d'un joli garçon complètement poigné. On a développé une méthode, on appelle ça l'opération *Queneuil-en-cœur*!

— Regarde-nous bien opérer! Dans quinze minutes, on aura tout ce qu'il te faut.

Et les deux filles se dirigent vers l'escalier. Leur démarche est tellement sexy que même les casiers se retournent sur leur passage. Étienne les suit. Il n'en croit pas sa chance.

Ni ses yeux.

19

— **C**'est dommage que tu me l'aies remis avec du retard, belle enfant. Je vais devoir t'enlever des points.

Le responsable des labos d'informatique regarde d'un œil distrait le rapport que vient de lui remettre Joëlle. Il est assis presque sur les reins, le pied gauche négligemment appuyé sur un tiroir à demi ouvert, le devoir sur son genou replié. Il tourne les pages en faisant une moue qui n'annonce rien de bon.

— Encore un «D»! se dit Joëlle. Je les accumule depuis quelque temps. «D» pour difficultés diverses! «D» pour dépression dangereuse! «D» pour débile diplômée!

Elle ne va pas bien du tout. Elle a l'impression de voir tout son univers s'écrouler autour d'elle, morceau par morceau. Elle tente pourtant d'en retenir les pans, mais ils s'effritent comme de vieux murs de plâtre. Elle voudrait s'asseoir et pleurer un bon coup. Elle en a plus qu'assez de perdre, toujours perdre. Elle mise tout ce qu'elle a, mais ce n'est jamais son numéro qui sort.

Et puis, elle étouffe dans cette pièce, dans cette école, dans cette ville trop parfaite. Dans cette vie. De l'air, pour l'amour de Dieu! Donnez-moi de l'air!

— Tu n'as pas l'air d'aller, Joëlle. Quelque chose qui va pas?

— Non, c'est correct. Juste un peu de fatigue, c'est tout.

— Ah! dit-il comme s'il venait de se souvenir de quelque chose. C'est pourtant vrai. C'est ton ami Loisel qui t'inquiète, c'est ça?

C'en est trop. Joëlle se met à pleurer. Silencieuse et immobile. Pas un son ne sort de sa bouche. Pas un membre ne bouge. Ni les épaules, ni même la tête. Les larmes tombent doucement le long de ses joues comme des gouttes de pluie dégoulinant sur le carreau d'une fenêtre. Elle tente de tout retenir, de ne pas se livrer devant cet homme qu'elle connaît si peu, mais c'est peine perdue. Parce que c'est trop fort et parce que personne n'y peut rien. À quoi bon s'acharner? La vie est dure et froide comme le marbre. Imperturbable.

Ronald s'approche d'elle. Il a l'œil compatissant et la voix enveloppante et chaleureuse.

— Voyons Joëlle, tu sais bien que tout finira par s'arranger.

Elle voudrait tout lui dire. Pour s'en libérer. Tout au sujet de Simon, des mensonges d'Étienne, des attentions de Gabriel Thibault. Tout au sujet de ces travaux qui n'ont plus de sens pour elle, de la vie qui continue même après que Philippe l'a quittée, de Cap-aux-Heurs l'impeccable, cette cité à côté de laquelle le paradis terrestre aurait l'air d'un bidonville sorti tout droit d'Afrique du Sud.

Cette ville qui a tout prévu, qui a endormi toutes les craintes, mais qui empêche tous les rêves et tous les désirs. Tout dire aussi au sujet de cette maladie implacable qui lui enlève tout ce qu'elle a de précieux. Mais rien à faire. Ça ne sort pas.

— Attends! J'ai quelque chose pour toi! Un petit jeu qu'un de mes amis m'a envoyé des États-Unis. Ça s'appelle *Boldness and Bondage*. Ça veut dire: Témérité et emprise... ou quelque chose comme ça. Quand je joue à ce jeu-là, ça me remonte le moral. Veux-tu essayer?

— Non merci, répond Joëlle. Tu sais moi, les jeux vidéo...

— Ah! C'est très différent! Allez! Essaie-le.

— J'ai pas envie, Ronald, correct?

L'appariteur informaticien se gratte le front et tente désespérément de trouver une façon de la convaincre.

— O.K., admet Ronald. Je t'ai pas dit la vérité.

Un autre!

— Ben oui, c'est pas un ami des États-Unis qui m'a envoyé ça. C'est moi qui l'ai mis au point, ce jeu. Et j'ai besoin de le tester avant de le présenter à une grande compagnie comme Nintendo ou Genesis. Rends-moi ce service. Joue une partie ou deux.

Joëlle hésite.

— Imagine: si une fille qui n'aime pas les jeux vidéo est embarquée par mon *Boldness and Bondage*, qu'est-ce que ça va être quand un vrai mordu va y jouer?

La jeune fille regarde l'assistant en informatique. Il essaie d'être gentil, bien sûr. Et puis, qu'est-ce que c'est que jouer une ou deux parties. Au fond, ça va l'aider à oublier un peu. Elle s'apprête à accepter quand il ajoute:

— Et puis, si tu m'aides en jouant à mon jeu... je verrai ce que je peux faire pour ta note dans ce travail.

Il brandissait les quelques feuilles du rapport de laboratoire comme on brandit la carotte devant un âne pour le faire avancer. Et Joëlle n'est ni un âne ni une ânesse.

— Tu n'avais pas besoin de me faire ce marché insultant pour que j'accepte. Je t'aurais aidé quand même, tu sais.

— Bien sûr, s'empresse de dire l'autre, bien sûr que tu m'aurais aidé quand même. C'était juste pour te montrer que tu n'as pas affaire à un ingrat.

Ronald était nerveux. Très nerveux. Il tenait vraiment à ce que Joëlle fasse l'essai de son jeu vidéo. Il restait là, immobile. Il la regardait avec un air de supplication accroché au visage.

— Et alors? demande Joëlle. Qu'est-ce que tu attends? Va la chercher ta disquette.

Il la fait asseoir, lui explique les rudiments du jeu et la laisse aller. Les formes s'emparent de l'esprit de Joëlle aussi sûrement qu'elles avaient fait avec celui de Simon. À plusieurs reprises, Joëlle se met à rire et s'exclame: «C'est bien dur!» Mais elle s'entête. Et la danse des triangles, des losanges et des carrés a quelque chose d'envoûtant. Les incessants changements de couleur rajoutent une touche de féerie à ce jeu diablement passionnant.

Ronald, annonçant qu'il a un rendez-vous, la laisse seule en lui rappelant de bien fermer les lumières en quittant.

Mais Joëlle l'entend à peine, tout absorbée qu'elle est par la valse des polygones.

Elle progresse. Bientôt elle pourra se rendre dans ce que Ronald a appelé son *trip tridimensionnel*. Où les triangles deviennent des pyramides, où les rectangles deviennent des prismes, où les carrés sont des cubes, où chaque polygone devient un polyèdre. «On entre littéralement dans l'écran», a dit Ronald.

— Attention! Un petit coup à gauche, le triangle bleu, un peu plus haut — vite avant qu'il ne... Ah zut! Non!!!

TOTAL BONDAGE — GAME OVER!

— Ça ne fait rien. J'y étais presque. Allez, un dernier essai. Un tout tout dernier. Juste pour aller voir derrière.

Et elle fait un dernier essai.

Comme Simon.

Et un autre dernier.

Comme Simon.

Et un autre encore.

Comme Simon.

20

Les deux filles et Étienne étudient les dossiers. Au secrétariat, tout s'est passé très rapidement. Valérie est arrivée au comptoir de service l'air totalement paniqué.

— Une chance! s'est-elle écriée en entrant. T'es encore là! Stéphane, pourrais-tu me rendre un petit service? Il faut que je sache combien j'ai eu dans mon examen de maths. Bessette a corrigé nos copies, mais il ne nous les donnera pas avant la semaine prochaine.

— Je regrette, Valérie, a d'abord répondu le jeune garçon, mais c'est strictement interdit de dévoiler des résultats aux élèves avant que le professeur ne l'ait fait. Je pourrais me faire cogner sur les doigts. Et, de toute façon, ils ne sont probablement pas encore dans le terminal.

— Oui, ils y sont. Bessette nous l'a dit. Mais il aime ça faire languir les élèves. Stéphane, je te promets que ça va rester notre petit secret! Mais il faut que tu me dises ma note. Sinon je pense que j'en dormirai pas de la nuit!

Après une légère hésitation, le jeune homme a accepté de lui livrer l'information. Mais Valérie a tout à coup ressenti un «malaise» et lui a demandé de l'accompagner à la salle de toilette située à l'autre bout du couloir. Le jeune homme a lancé un regard inquiet autour de lui. Pouvait-il laisser quelques minutes le secrétariat sans surveillance? À cette heure, il n'y avait probablement plus personne dans l'école. Mais il fallait rester prudent.

— Aaaaaah! Stéphane! Ça ne va pas du tout! a crié Valérie. À ce moment, elle a «perdu connaissance» dans les bras de Stéphane. Il l'a alors amenée jusqu'à la salle de toilettes des filles. Étienne et Geneviève en ont immédiatement profité pour entrer dans le secrétariat, aller dans la banque de données de l'ordinateur et en extirper tout ce dont ils avaient besoin. Quant à Valérie, elle en a été quitte pour un peu de bavardage et beaucoup de collage sur le grand Stéphane.

Elle lui doit aussi une sortie un de ces samedis.

— Hey! s'écrie Geneviève. Ça fait long-temps que je me posais la question. Savez-vous que le père de Simon est très haut placé au gouvernement. Il est «conseiller légal en matière d'immigration».

— Ça ne me surprend pas! répond Valérie. As-tu vu leur maison? Un château!

— Pauvre Simon! soupire Geneviève.

Et ils reprennent leur examen. Étienne leur a demandé de relever chaque détail que les deux filles et les six gars (ils avaient le dossier de Morel que le secrétariat n'avait pas encore éliminé du répertoire) avaient en commun.

Au bout d'une heure, deux choses se dégagent. Première chose: sauf pour Morel, les victimes sont toutes des enfants de hauts fonctionnaires ou de personnages influents de Cap-aux-Heurs.

— Drôle de hasard! se dit Étienne avec un sourire énigmatique.

Deuxième chose, et voilà qui est plus curieux: toutes les victimes, sauf Morel encore une fois, sont inscrites en chimie assistée par simulateur informatique et ce fut toujours l'un des derniers cours, sinon le dernier, qu'ils ont suivi à la polyvalente avant de tomber malades.

— Est-ce que ça ne pourrait pas être une coïncidence? demande Geneviève.

— Une coïncidence... sept fois? demande Étienne, sceptique.

— Mais Morel, lui? intervient Valérie. Il n'était pas inscrit à ce cours-là. Et son père est propriétaire d'une petite épicerie. Il gagne bien sa vie, mais c'est pas ce qu'on appelle un «gros bonnet».

— Oublions Morel pour l'instant, répond Étienne. Si l'on considère toute l'affaire, il doit y avoir un lien entre l'informatique et le syndrome dont souffrent les sept jeunes qui reposent à la clinique «Les Hespérides». Il faut trouver lequel.

— Les produits chimiques, suggère Geneviève. Il me semble qu'il ne peut pas y avoir plus empoisonnant que tous les produits qu'on manipule dans ces cours-là. C'est sûrement ça!

— Mais non, Gene! lui répond Valérie. Le cour de chimie assistée par ordinateur est justement conçu pour éviter qu'on manipule des produits dangereux. Tout se fait en simulation.

Étienne regarde les deux jeunes filles comme s'il attendait de l'une d'elles l'éclair de génie qui apportera la lumière nécessaire à la compréhension de cette série de coïncidences. Et l'éclair se produit.

— Les écrans cathodiques! s'exclame Valérie. C'est le seul élément de l'informatique qui présente un danger.

— Ah oui? s'étonne Geneviève.

— J'ai déjà lu dans une revue à la bibliothèque qu'on considérait qu'il y avait un certain risque à être devant ça trop longtemps, poursuit Valérie. C'était pas mal inquiétant.

— Est-ce qu'ils parlaient des symptômes dans ton article? demande Étienne, vivement intéressé.

— Il me semble, oui, répond Valérie. Mais je ne m'en souviens plus exactement. Ça fait un bout de temps que j'ai lu ça.

— La bibliothèque est ouverte tard le jeudi soir. On peut aller faire des recherches, suggère Geneviève.

— Ça va te prendre mille ans pour retrouver la revue! proteste Étienne.

— On voit bien que tu n'y vas pas souvent, rigole Valérie. On a un fichier-sujets informatisé. On lui donne le sujet et il nous sort tous les articles écrits là-dessus depuis les débuts de l'imprimerie.

Décidément, la ville de Cap-aux-Heurs ne se refuse rien.

— Allez-y! leur lance Étienne. Et prenez donc tout ce qui a pu s'écrire là-dessus. Plus on en sait, mieux ça vaut.

— Enfin un travail de recherches qui va VRAIMENT servir à quelque chose! s'écrie Geneviève.

C'est mince, se dit Étienne, alors que les deux filles détalent vers la bibliothèque. Mais le fait que les sept patients, à part Morel, étaient inscrits à ce cours optionnel n'est certainement pas un hasard. Quelque chose me dit qu'il doit y avoir un lien.

Morel. Curieux comme il ne correspond à rien dans cette histoire. Pas de parents riches et influents. Pas inscrit au cours de chimie assisté par ordinateur. Et le seul qui soit mort de la maladie qui porte son nom.

Morel. Rien de pire qu'un rival mort. Un rival martyr.

Quoi «rival»? le secoue sa conscience. Rival de quoi? De qui? De toi? Qu'est-ce que tu t'imagines?

Rien du tout, lui répond Étienne. Rendors-toi...

Au bout d'un moment, Valérie et Geneviève reviennent, les bras chargés de photocopies.

— On en a trouvé une trentaine.

— Ça nous a coûté une beurrée.

— Et puis, on a une surprise pour toi, mon petit gars.

— Laquelle? demande Étienne.

21

Stéphane ouvre un classeur et range les derniers dossiers datant de l'époque *anteordi* (avant les ordinateurs). Il rêvasse. Quel samedi? Le suivant? Valérie est tellement belle, tellement fraîche dans ses petites robes à fleurs. Il n'en dormira pas de la nuit, c'est sûr. Comme il aimerait la revoir, aujourd'hui. Tout de suite.

— Allô Stéphane, c'est encore moi!

Valérie, comme un vœu qui s'exauce, vient d'entrer dans le bureau. Elle a le pas sautillant de celle qui a une faveur à demander.

— Tu sais quoi? minaude-t-elle. Je voulais que notre samedi soit samedi de la semaine prochaine, mais...

— Mais quoi?

Le jeune homme avale sa salive. Il a l'impression d'être au bord d'une falaise, les deux pieds à moitié dans le vide. Quel est l'obstacle? Qu'est-ce qui t'empêche, jolie jeune fille, d'être à mes côtés au cinéma samedi soir prochain? Un seul mot de ta bouche et je pourfends cet empêchement, je le détruis, je le pulvérise, je le...

— Mais je n'ai pas remis mon travail de chimie assistée par informatique. Je voudrais aller le porter chez Ronald. Comme ça, je ne serai pas vraiment en retard et ma note ne sera pas trop désastreuse. Sinon, mes parents vont encore me garder à la maison pour potasser ma chimie. Et adieu notre samedi soir. Tu comprends?

— Et il te faut son adresse, c'est ça? lui sourit Stéphane d'un air entendu. Attends, je vais te la sortir, ce ne sera pas long.

Comme un cow-boy enfourchant son puissant tracteur, Stéphane s'installe devant l'ordinateur du secrétariat et, quand le menu apparaît devant lui, il l'examine un instant. Puis, d'un geste sûr, il appuie sur quelques touches de fonction et aussitôt la liste du personnel apparaît devant ses yeux.

— Qu'est-ce que c'est son nom de famille?

— Boursier, Ronald.

— Boursier, Boursier, Boursier,... Je l'ai! Ronald Boursier.

Valérie se précipite derrière la chaise de Stéphane.

— Valérie, lui dit-il sur un ton de doux reproche. Je ne devrais pas te laisser regarder ça. C'est personnel, ces informations-là.

— Ben oui, ben oui. Descends un peu le curseur. Je veux voir s'il est marié.

À contrecœur, le jeune homme obéit. Toutes pareilles, se dit-il, il faut toujours qu'elles sachent si celui-ci ou celui-là est marié. Comme si c'était la chose la plus importante au monde.

Mais Valérie lit et enregistre. Tout. Et l'information finale lui sautera au visage et la renversera comme si elle venait de découvrir que le soleil avait une ombre.

Cela confirme les soupçons d'Étienne.

D'abord, cet article où on parle des dangers de certaines couleurs utilisées dans plusieurs logiciels de jeu. Un article où on allie ces dangers à ceux, très réels, des émanations électriques et magnétiques provenant des écrans cathodiques. Un article où il est question d'une centaine de radiations différentes — rayons X, ultraviolets, infrarouges, etc. — que ces écrans dégagent.

Un article où on cite une quantité folle de recherches effectuées par des spécialistes en électrobiochimie et en physique. Un article qui analyse les effets que tout ce bombardement peut avoir sur la santé: agressivité, stress, maux de tête violents, fatigue oculaire, crampes, nausée, faiblesse de la volonté. Un article troublant de ressemblance avec ce qui se passe depuis quelques mois à Cap-aux-Heurs. Un article signé il y a quatre ans par... Ronald Boursier, l'appariteur informaticien de la polyvalente!

Et maintenant, en apprenant cette nouvelle information concernant Boursier, Valérie est abasourdie. Elle a hâte de voir ce qu'Étienne va penser de tout ça. Elle pousse un peu plus sur le curseur, mais il n'y a plus rien d'intéressant.

— Veux-tu savoir s'il porte un dentier? ironise Stéphane. Ça doit être écrit quelque part, ça aussi.

— Non, répond Valérie soudain très pressée de partir. Merci Stéphane. Je te rappelle pour samedi.

Valérie dévale les marches de l'escalier et fait irruption dans la salle des casiers où sont assis ses deux camarades.

— Vous devinerez jamais quoi! claironne-t-elle.

— Quoi? L'as-tu eue l'adresse de Ronald?

— Ça n'a plus d'importance. Et je pense que ce serait une très mauvaise idée d'aller lui poser des questions sur l'article qu'il a écrit il y a cinq ans.

— Pourquoi? demande Geneviève. Mais parle Valérie! Qu'est-ce que tu as découvert?

— Vous allez peut-être trouver que je joue au détective manqué, mais tant pis!

Elle s'accroupit à la hauteur de Geneviève et d'Étienne qui sont assis par terre. Ses yeux brûlent d'un éclat particulier. Comme ceux d'un homme qui va annoncer à sa femme qu'elle est enceinte.

— Ronald Boursier est arrivé à la Polyvalente de Cap-aux-Heurs il y a deux ans, avec en main une magnifique lettre de recommandation. Je n'ai pas lu la lettre. Mais à la section «Recommandé par», savez-vous quel nom il y avait?

Geneviève ne voit pas du tout où son amie veut en venir. Mais Étienne lui, blêmit en lui demandant d'une voix blanche:

— Thibault?

— Le docteur Aldège Thibault lui-même!

À l'intérieur de la tête d'Étienne, un audacieux échafaudage s'élève. Et tout se tient! Boursier, amené à Cap-aux-Heurs par Thibault pour mettre au point un logiciel «contaminant», se fait engager comme appariteur grâce à une lettre de recommandation en or massif de l'éminent médecin. L'appariteur isole chaque fois ses victimes une à une pour les faire travailler sur le logiciel «contaminant». Facile, sauf pour Morel, ce sont tous et toutes des étudiants inscrits à son cours.

Comme c'est étrange, les coïncidences. Il y a à peine deux heures, il était justement question de Ronald Boursier à qui Joëlle n'avait pas encore remis...

Bon Dieu! Joëlle!

— Joëlle! s'écrie Étienne en se précipitant vers le couloir comme s'il avait le diable aux trousses.

— Quoi Joëlle? demandent Geneviève et Valérie.

Mais elles n'ont pas fini de poser la question qu'elles aussi, elles se précipitent en proie à une immense inquiétude.

S'il fallait...

22

Joëlle joue depuis plus longtemps qu'elle le pense. Et sa dernière partie, elle l'a jouée il y a dix-sept parties de cela. Elle s'est finalement rendue au tableau tridimensionnel. Ses doigts courent tout seuls sur le clavier. Elle sent ce qu'elle doit faire, précède chaque mouvement de la machine. Elle possède un don naturel pour ce jeu. Du moins, le croit-elle.

Elle navigue dans l'univers en trois dimensions imaginé par Ronald Boursier avec l'adresse d'un champion skieur sur une pente pour débutants. Les pyramides et les décaèdres n'ont pas aussitôt fait leur apparition qu'elle les loge dans la cavité du mur où ils appartiennent. Elle leur fait faire des pirouettes inouïes. Elle les fait rouler si rapidement avec son manche à balai que, pendant quelques instants, les solides semblent perdre leur forme de prisme ou de cube. Ils deviennent des petites boules aux couleurs vives qui ont l'air de s'être échappées d'un sapin de Noël.

Joëlle rit beaucoup. Elle s'amuse pour la première fois depuis très longtemps. Une grave euphorie s'est saisie d'elle et la secoue frénétiquement. Ses cheveux sont mêlés, sa bouche à demi ouverte. Son dos est courbé et ses yeux veulent avaler l'écran. Tout son corps joue à guichets fermés.

Lorsqu'Étienne, Valérie et Geneviève entrent brusquement dans la salle des ordinateurs, elle commence sa vingt-cinquième ou vingt-sixième partie. Elle ne les entend pas. Elle est dans un autre monde. Un univers multicolore et magique. Ils ont beau l'appeler, son degré de concentration est tel que leurs voix n'arrivent pas jusqu'à ses oreilles. Alors, Étienne se plante devant elle, lui coupant l'image tandis que Valérie débranche l'ordinateur.

Joëlle reste assise. Prostrée. Accablée.

— Pourquoi avez-vous fait ça? demande-t-elle au bout d'un moment, les yeux toujours rivés sur l'écran noir.

Ni les deux filles, ni Étienne ne répondent. Ils se contentent de l'observer. Brusquement, elle lève la tête et les regarde l'un après l'autre.

— Qu'est-ce que vous avez donc, vous autres?

— Ça va? demande Geneviève.

— Évidemment que ça va! rétorque Joëlle.

Elle quitte son siège d'un rapide mouvement des reins.

— Qu'est-ce qu'il vous a raconté cette fois-ci, monsieur le beau menteur? lance-t-elle en évitant Étienne du regard.

— Rien Joëlle, répond Valérie. On a juste eu, tous les trois, une...

— Une intuition! la coupe Geneviève.

— C'est ça! renchérit Valérie. Mais on est bien contentes que ça aille bien.

— Parce que ça va bien, hein? Tu en es certaine?

Joëlle marmonne quelque chose en s'emparant de son sac et se dirige vers la porte. Les trois amis la suivent. Elle marche droit, d'un pas plus qu'assuré.

— Ouais, murmure Étienne. Je pense qu'on a fait fausse route, les filles. Elle n'est pas plus malade que vous ou moi. D'après moi, il reste une autre personne qui a peut-être quelque chose à voir avec le syndrome de Morel.

— Qui? demandent les deux filles.

— Votre prof de chimie.

— Duranleau? Voyons donc! Je veux croire qu'il n'a pas l'air d'aimer les jeunes, mais de là à vouloir notre mort...

— Mais alors qui? s'impatiente Étienne. Qui est à l'origine de ce mal mystérieux? Parce qu'il faut absolument que ce soit quelqu'un de la polyvalente. C'est ici que sévit l'agent de contagion. Il faut absolument le trouver pour enrayer le mal de Morel. Sinon, je crains que...HÉÉÉ!

Avec la rapidité de l'éclair, Joëlle fonce sur Étienne, les mains devant elle, et le prend à la gorge. Les deux filles tentent d'intervenir. De peine et de misère, elles parviennent à dégager le cou du malheureux Étienne et à relever Joëlle qui hurle.

— Ça fait deux fois, Malouin! Ça fait deux fois que je t'entends prononcer le nom de mon chum! As-tu fini? Vas-tu finir par le laisser en paix?

— Ton chum? demande le jeune garçon qui tente désespérément de reprendre son souffle. Je ne parle pas de ton chum. Je parle de la maladie qui porte son nom.

— Oui! La maladie de Morel! La maladie de mort, elle! Ne t'imagine pas que je n'ai pas tout compris, Malouin! Monsieur Mal, loin! Tu es le mal qui vient de loin. Tu es la source! Regardez-le rire, les filles! Vous n'avez pas encore fait le lien? Que c'est depuis qu'il est arrivé à Cap-aux-Heurs avec son père, le barbu et ses cent cinquante baptistaires, que tout va mal. Vous ne le voyez pas rire? C'est lui! C'est le diable! Guili! Guili! Il a tué Philippe, il est en train de tuer Simon et maintenant, il cherche à m'avoir. Et vous autres aussi!

«Mais les formes sont avec moi. La grande pyramide verte me protège. Il ne peut pas m'atteindre. J'ai vu clair dans ton jeu, Malouin. *Bondage! Bondage! Bondage! Bondage! Game over!*»

Joëlle a pris appui sur le cadre d'une porte. Elle a le teint cireux et ses cheveux sont en désordre, collés sur son visage. Ses yeux se sont couverts d'un voile opaque. Aucune lumière n'en émane. Sa voix a grimpé d'un octave et demi. Les paroles qu'elle essaie de prononcer ne sont que syllabes confuses et totalement incompréhensibles. Son esprit a pris la clef des champs.

Elle sombre maintenant. Elle sombre et elle le sait. Ses trois amis aussi le savent. Mais ils ne peuvent plus rien pour elle.

Elle vomit une première fois. Puis une deuxième.

Elle tend une main vers trois vagues silhouettes qui sont à quelques années-lumière d'elle et appelle:

— Étienne...

Il s'élance comme elle s'évanouit.

23

— **C**onduisons-la à l'infirmerie, suggère Geneviève. À cette heure, le brave
Gérard doit, en l'occurrence, être parti chez
lui. Parfois, ça lui arrive de laisser la porte
du petit dortoir ouverte.

— Comment sais-tu ça, toi? lui demande
Valérie avec un petit sourire en coin.

— Laisse faire! obtient-elle pour toute
réponse.

Sans trop de mal, les trois jeunes gens
portent leur amie jusqu'au petit dortoir à
côté de l'infirmerie.

La porte est verrouillée.

Valérie et Geneviève regardent Étienne
comme si elles s'attendaient toutes deux à
ce que, d'un formidable coup d'épaule, il

l'enfonce. Mais il est aussi démuni qu'elles.
Ils se laissent choir devant la porte pour se
reposer un peu. Ils ont bien soin de poser la
tête de Joëlle sur les cuisses de Valérie.

— Qu'est-ce qu'on fait maintenant?
demande Geneviève dont la voix trahit une
inquiétude grandissante.

— Une chose est sûre: pas question de
l'envoyer aux Hespérides! répond fermement Étienne.

— On fait quoi alors?

— Et si on avertissait ses parents?
propose Valérie.

— J'y ai déjà pensé, dit Étienne. Mais ils
risquent de vouloir l'envoyer là quand même,
quoiqu'on dise. Et on n'a aucune preuve.
Tout ce que mon père sait sur Thibault, il l'a
appris parce qu'il est entré sans autorisation
dans la clinique et a étudié les dossiers de
Loisel, Blanchard et les autres. Mais il n'a
pas eu le temps d'emporter le moindre
document. Au moment où il allait le faire,
Thibault est arrivé avec un gardien.

— C'est drôle qu'il n'ait pas appelé la
police, dit Geneviève.

— Non, explique Étienne. Quand on y
pense, au contraire, c'est logique. Une
plainte pour une entrée sans autorisation
risquerait de mener à une enquête. Et une
enquête, nul ne sait ce qui peut en jaillir.

Thibault n'a pas pris de chance. Il va redoubler de précaution, c'est tout. D'ailleurs, il a vite compris que mon père n'a pas eu le temps d'emporter la moindre preuve, sans quoi il aurait déjà quitté le pays.

— Ton père pourrait faire une déclaration dans les journaux de la ville.

— Sans les documents de la clinique? Aucune chance. Si on oppose la réputation en or massif du Dr Thibault à la seule parole de mon père, c'est Thibault qui va l'emporter haut la main. C'est évident.

— Et Joëlle dans tout ça? Il faut faire quelque chose.

— Oui, dit Étienne. Mais quoi?

En réfléchissant, il se tape l'arrière de la tête à plusieurs reprises contre la porte de l'infirmerie. Comme si ces petits coups contre son crâne allaient tout à coup faire naître une idée. Il a besoin d'une illumination.

Et elle est venue. De derrière lui. Une immense vague de lumière. Qui surgit soudain de l'infirmerie et qui envahit le couloir. Étienne s'est affalé de tout son long, perdant l'appui solide de la porte contre laquelle il était assis. Les deux autres, installées de chaque côté, poussent un petit cri de surprise en voyant se profiler la silhouette imposante de Gérard, l'infirmier.

— Eh bien, eh bien! Mais qu'est-ce que vous faites là? demande-t-il, le ton sévère. Il m'avait bien semblé entendre des voix et... Mais elle est malade cette jeune fille! Et c'est... la petite Dubreuil! Qu'est-ce qu'elle a? Attendez! Étendons-la d'abord sur un lit. Vous me raconterez tout après.

Le trio, avec l'aide de Gérard, transporte Joëlle à l'intérieur de l'infirmerie et l'installe confortablement dans un des lits. Ils racontent ensuite à l'infirmier de quelle manière Joëlle s'est mise à délirer, puis à vomir, avant de perdre connaissance en se tenant la tête avec les deux mains.

Gérard blêmit.

Étienne ajoute que d'après les symptômes, tous les trois sont convaincus que Joëlle est atteinte du syndrome de Morel.

À ces mots, le visage de l'homme se décompose littéralement. Il s'assoit à son bureau devant la liasse de feuillets qu'il tentait de mettre à jour. Il retire ses lunettes, se frotte les yeux puis, d'une main mal assurée, il prend le combiné et compose un numéro. Valérie et Geneviève se retournent vers Étienne. Celui-ci, du bout du doigt, coupe la communication.

— Qui appeliez-vous? demande le jeune homme.

— Mais... je..., balbutie Gérard qui ne comprend pas. La clinique «Les Hespérides», bien sûr.

— Pas question! lance Étienne avec autorité.

— Comment «pas question»? À qui pensez-vous vous adresser, jeune homme? riposte Gérard, qui a repris le ton de celui qui, normalement, devrait être aux commandes.

— Gérard, écoutez-le! plaide Geneviève. C'est vrai que vous ne devez pas appeler le Dr Thibault.

L'infirmier tourne des yeux immenses vers Geneviève. Puis il regarde Valérie et revient vers Étienne. Tous les trois ont ce même regard de supplication. Pour un peu, ils se jetteraient à ses genoux, les mains jointes.

— Mais pouvez-vous m'expliquer pourquoi? implore presque le grand homme, complètement abasourdi.

— Parce que, répond Étienne, le Dr Thibault n'est pas le bienfaiteur que toute la population croit. Non seulement possède-t-il depuis longtemps ce fameux remède qu'il prétend chercher, mais nous pensons que...

Étienne hésite un peu devant l'énormité de ce qu'il s'apprête à dire.

— ... que c'est **lui-même** qui est à l'origine de la maladie de Morel! C'est lui qui l'a créée!

La nouvelle secoue le pauvre Gérard, enregistrant quatorze virgule huit sur l'échelle de Richter qui ne compte pourtant que neuf échelons. Il se laisse tomber sur un des lits vacants et retire à nouveau ses lunettes. Les trois adolescents racontent par le détail leurs recherches et ce qui en a résulté. Ils ne passent rien sous silence. Pas même l'implication de Ronald et l'entrée illégale du mystérieux homme à la barbe noire aux Hespérides.

— Cet homme, dit Étienne, c'était mon père, Édouard Malouin. Il est très impliqué dans cette enquête. Il surveille Thibault depuis un bon moment maintenant. Le mode d'opération de ce type d'homme est toujours le même: s'installer dans une ville riche et prospère, gagner la confiance des gens en se bâtissant une solide notoriété, puis frapper le grand coup.

— Mais tous ces gens venus de partout, proteste Gérard. Que venaient-ils faire ici?

— Il se peut que Thibault ait de grandes compétences et que ces gens sont réellement venus assister à ses travaux et voir ses installations. Mais il se peut aussi que ces gens n'étaient que de vulgaires figurants payés par Thibault pour épater la galerie.

Gérard n'arrive pas à se convaincre que ce qu'il entend est la vérité. Il scrute Étienne et cherche à s'imposer une image de lui qui ferait abstraction de son âge. Bien sûr, la plupart de ses informations lui venaient de son père, mais pour un jeune de dix-sept ans, il les avait drôlement bien assimilées.

Étienne poursuit son exposé: les buts du docteur Thibault, le moyen de récolter des preuves et la façon de le confondre.

— Pourquoi ne pas simplement appeler la police? suggère Gérard.

— D'après mon père, sans un relevé exact des traitements administrés aux jeunes qui souffrent de la maladie de Morel, ce serait une perte de temps. Aujourd'hui, pour obtenir une condamnation, il faut presque avoir tiré sur quelqu'un devant les caméras de la télévision. Et encore!

«Vous vous souvenez sans doute, il y a quelque temps, comment un Noir de Los Angeles avait été sauvagement battu, et sans raison, par quatre policiers. Et qu'un caméraman amateur avait tout filmé sur bande vidéo. Les quatre policiers ont tout de même été acquittés ce qui donna lieu à de nombreuses émeutes qui avaient mis à feu et à sang des quartiers de Los Angeles et d'autres villes à travers les États-Unis.

«Bref, sans preuve, Thibault s'en sortira et reprendra ses activités à la clinique. Et comme les gens oublient vite...»

Les jeunes regardent maintenant en direction du lit où repose Joëlle. Elle est immobile. Elle est plus absente que si elle dormait. Elle semble loin. Dans l'esprit d'Étienne, elle représente pourtant leur plus grand espoir.

24

555-1461. Sonnerie suivie d'un crépitement. Nouvelle sonnerie...

— **A**llô p'pa? C'est Étienne. P'pa, je n'ai pas vraiment le temps de t'expliquer, mais j'aurais quelque chose à te demander: pourrais-tu me dire exactement ce que tu ferais si tu me surprenais chez nous, sans connaissance, et si tu étais certain d'après mes signes vitaux que j'étais atteint du syndrome de Morel? Oui... O.K., p'pa, ne fais pas le comique! Après avoir ouvert ta bouteille de champagne pour fêter ça, qu'est-ce que tu ferais? Oui... Oui...

Étienne écrit plusieurs informations sur un bloc-notes se trouvant à côté du téléphone en les répétant chaque fois.

— Est-ce qu'on peut faire ça ici, tu penses? Je suis à l'infirmerie de la poly. Un instant, je vais demander à l'infirmier...

Le jeune homme se tourne vers Gérard et lui présente le bout de papier sur lequel il a inscrit trois noms de médicaments avec des quantités.

— Est-ce qu'on a ça ici? demande-t-il.

— J'ai une infirmerie des plus complètes en matière de médicaments, répond fièrement le grand gaillard. J'ai même des narcotiques et d'autres drogues contrôlées pour les gros accidents. Il y a un enquêteur du gouvernement qui vérifie régulièrement si...

— P'pa? l'interrompt Étienne. Ça va, il a tout ça. Une minute.

Étienne, un petit sourire en coin, demande à Gérard s'il peut procéder à une injection. L'infirmier lui lance un regard outré qui veut dire: «J'ai suivi mon cours et j'ai passé mes examens à une époque où tu n'étais encore que deux petites cellules nageant dans deux corps différents!»

— Ça va p'pa, il peut. Non, non, tu n'auras pas besoin de venir toi-même. Ton autorisation officielle va suffire. C'est qui la victime? Personne. C'était juste une question hypothétique... Bon d'accord, c'est Joëlle. Joëlle. Oui... c'est elle: ben oui, la fille que t'es allé reconduire chez elle, l'autre soir... T'as une idée?

À ce moment, Étienne reste silencieux un long moment. Il ne fait qu'entrecouper son mutisme d'un ou deux «oui» de temps à autre. Valérie et Geneviève le regardent, intriguées.

Gérard, pendant ce temps, est allé préparer les médicaments à administrer. Trois composés en apparence sans rapport entre eux. Un antivertigineux, un analgésique et un stimulant. Il s'interroge sur la prudence du geste qu'il va poser. Peut-être aurait-il dû parler lui-même au père du jeune garçon. S'il s'était trompé dans les quantités? Mais Gérard l'a clairement entendu répéter deux fois chacun des noms suivi des proportions. S'il y avait eu erreur, le père s'en serait aperçu. En outre, le fils parlait avec une telle assurance.

On sentait entre les deux une compréhension profonde, quelque chose comme une complicité dans les réponses d'Étienne aux questions de son père.

Une complicité que lui, Gérard, n'aurait jamais avec son fils, parti vivre avec sa mère après le divorce. Exilé dans cette ville au bout du monde. Si loin, si loin. Son fils ne le gratifiait, de temps à autre, que d'une courte lettre qui ne disait rien et d'une carte à Noël.

Un étranger né d'un étranger.

Après avoir donné les deux premières injections, il attend quelques instants et administre la troisième. Puis, il prend son pouls et constate que celui-ci bat lentement mais régulièrement. Gérard va rejoindre les trois amis dans la pièce à côté.

— C'est fait! annonce-t-il. Combien de temps est-ce que ça devrait prendre selon ton père avant qu'elle revienne à elle?

— Une heure, répond Étienne. Peut-être un peu moins, peut-être un peu plus.

— Et après? demande Valérie.

— Après, on va présenter le plan de mon père à Joëlle et espérer qu'elle va accepter.

— Qu'est-ce que c'est son plan? l'interroge Geneviève.

— Son plan c'est que Joëlle entre à la clinique «Les Hespérides» comme neuvième victime du syndrome de Morel!

25

— Jamais de la vie! Es-tu fou, Malouin?

Le visage souriant, Gérard regarde la jeune fille assise sur son lit qui sirote un bol de soupe au poulet mécaniquement désossé que la distributrice à café a mécaniquement préparée. Elle n'a pas encore retrouvé son teint des beaux jours, mais son ton, oui.

— Après ce que vous venez de me raconter sur Thibault, Ronald et tout ce qu'ils ont fait, si tu penses que je vais aller me fourrer dans la gueule du loup, tu te trompes.

— Tu risques gros, c'est certain. Mais je te donne ma parole, l'assure Étienne, que si tu es prise là-bas, je t'en sors même si je dois traverser quarante barrages de policiers.

Joëlle, mon père est déjà entré une fois. Il ne pourra pas le faire deux fois. Ils se méfient maintenant. Notre seule chance c'est que tu puisses aller lui ouvrir la porte de la sortie de secours. À ce moment, il va aller au poste de garde: encore le coup du chloroforme pour neutraliser l'infirmière, mais, cette fois, tout le temps voulu pour prendre ce dont il a besoin afin d'incriminer Thibault et sauver ton ami Simon et tous les autres aussi.

Simon! Elle l'avait totalement oublié. Son gentil Simon, son doux Simon qu'elle aime tant. Pris lui aussi au cœur de ce cauchemar.

Sa réflexion ne dure pas très longtemps. Le souvenir de Simon et de Philippe lui crie qu'elle ne peut pas, qu'elle ne doit pas refuser. Même si cela signifie mettre sa vie en péril. Du courage? Peut-être après tout. De la générosité. Mais surtout de la fidélité.

Cependant elle a l'intention de profiter au maximum de son avantage.

— D'accord Malouin, dit-elle sans émotion et sans colère, s'étonnant elle-même de son calme soudain. Je vais faire ce que tu me demandes. Mais à une condition: tu dois tout me dire. Et j'ai bien dit: TOUT.

Alors Étienne se décide enfin à tout raconter à Joëlle.

Il lui apprend qu'au début de sa carrière, Thibault a travaillé avec le docteur Eusèbe Malouin, son grand-père.

— Eusèbe est mort assez jeune et c'est mon père, qui venait de terminer ses études de médecine qui a pris la relève. L'entente était parfaite. Mon père apprenait beaucoup de cet éminent médecin, car il ne faut pas en douter, Thibault est loin d'être un imbécile. En outre, pour lui, l'enthousiasme et la jeunesse de mon père le stimulaient.

Mais un événement grave est venu rompre le charme. La seconde femme de Thibault est morte d'une maladie incurable. Elle n'avait que quarante-huit ans. De ce jour, Thibault n'a plus été le même. D'organisé et efficace qu'il était, il est devenu négligent et oublieux. Mon père le surprenait souvent en train de rêvasser dans le fauteuil de son bureau de consultation, alors que des dizaines de patients attendaient qu'il les reçoive, certains depuis des heures. Vidant la machine à café et remplissant les cendriers, il n'était obsédé que par une chose: la jeunesse. Comment empêcher les ravages du temps.

Après avoir tenté de l'aider pendant de longs mois, mon père a finalement décidé de rompre leur association et de quitter la région. La clinique perdait de sa crédibilité à cause de l'attitude non professionnelle de son collègue.

Mais mon père garda un certain contact, à distance. En outre, son travail de recherchiste en médecine nucléaire et de journaliste pour de nombreuses revues médicales, lui permettait de se renseigner régulièrement sur la carrière de son ex-associé.

Et c'est avec joie que mon père a appris, il y a quelques années, l'ouverture de la polyclinique «Les Hespérides» avec, comme médecin-chef, le docteur Thibault. Il était heureux de voir que l'autre s'était ressaisi, content de voir que sa carrière avait pris un nouvel essor et pas n'importe où: dans la chic municipalité de Cap-aux-Heurs, s'il vous plaît.

Il suivait donc de près les progrès et la renommée que la nouvelle polyclinique s'était gagnés dans le milieu médical. Puis, il y a eu le début de l'épidémie: un événement qu'inexplicablement mon père redoutait. À l'annonce de la mort de Morel, il n'a pas hésité. Il a demandé un congé sabbatique et est venu s'installer ici avec moi. Il a enquêté. Il a fait le tour de tous les coins fréquentés par les jeunes: centre sportif, discothèque, café. N'y trouvant rien de concluant, il ne lui restait que l'école. C'est à ce moment qu'il a dû demander ma collaboration.

— Je ne comprends pas, dit Joëlle. Comment ton père pouvait-il être à ce point certain que le syndrome de Morel n'était pas «naturel»?

— L'intuition et un événement banal. Vois-tu, au pire de sa dépression, Thibault ne s'enthousiasmait de rien. Mais un jour, alors qu'ils s'étaient arrêtés dans une pharmacie, il avait dit à mon père d'une voix surexcitée:

— *Regarde les pharmaciens d'aujourd'hui, Édouard! Eux, ils ont compris!*

— *Qu'est-ce qu'ils ont compris, Dr Thibault?»* a demandé mon père.

— *Comment se remplir les poches, voyons. Regarde, Édouard! Ils vendent en arrière de quoi te redonner une santé — pilules pour l'emphysème, sirops contre la toux, et tout le bazar — et en avant, de quoi te la détruire — tabac, cigarettes et cigares! Au fond, on est bien stupides. On n'aurait qu'à faire pareil, nous aussi.*

— *Que voulez-vous dire?* l'a interrogé mon père.

— *Ce serait si facile,* a répondu Thibault. *On n'aurait qu'à inventer une maladie en même temps que son remède. On laisserait la maladie progresser, prendre des proportions épouvantables et tout à coup, on intervient. Cure miracle! On se l'arrache à prix d'or. C'est tellement simple qu'on se demande pourquoi aucun autre médecin n'y a pensé avant.*

Mon père lui a alors répondu quelque chose au sujet du serment d'Hippocrate que doivent prêter les médecins. Ils jurent, par ce serment, de ne pas nuire, par leur action ou leur inaction, à la santé d'autrui. Thibault a répondu:

— Serment d'Hippocrate, serment d'hypocrites! Et le docteur Marcel Petiot, et le docteur Joseph Mengele, et le docteur François Duvalier! Eux aussi, ils l'avaient prononcé le serment d'Hippocrate.

Le pauvre homme ne se rendait pas compte que, justement, les noms qu'il venait de citer étaient ceux de criminels.

La discussion s'est terminée ainsi. Mais ce jour-là, mon père a su que l'esprit d'Aldège Thibault s'en allait en déroute.

Aussi, quand il fut question de cette épidémie dans la ville même où pratiquait son ancien collègue, mon père a eu le pressentiment que Thibault était enfin parvenu à isoler un agent pathogène dont le remède lui était connu, et à l'inoculer d'une façon ou d'une autre à des jeunes sans défense. Et c'est ce qu'il a pu rapidement vérifier dans les dossiers des Hespérides. Ce qui était invisible pour les autres était très clair pour mon père, parce qu'il a longuement travaillé avec Thibault et qu'il connaît ses méthodes.

Restait à trouver comment on arrivait à infecter les jeunes victimes à leur insu. Le fait que chacune d'entre elles avait un père ou une mère ayant un poste influent soit au gouvernement, soit dans les affaires, soit dans les milieux juridiques, nous portait à croire que Thibault LES CHOISISSAIT!

— Pas Philippe, intervient Joëlle. Son père est épicier.

— Justement! Il n'y avait que ton... que Philippe qui ne correspondait pas. Ni son père, ni sa mère n'ont un poste important ou prestigieux. D'ailleurs Philippe ne correspond en rien au portrait des autres victimes. Il ne suivait pas de cours d'informatique, pas plus que de cours de chimie assistée par ordinateur. Mais tous les autres, oui. Ça ne pouvait pas être un hasard.

— Alors, poursuit Valérie, je me suis souvenue avoir lu un article très bien documenté sur les dangers des écrans cathodiques surtout pour les femmes enceintes. Geneviève et moi, on s'est mises à la recherche d'autres articles nous informant sur les dangers des radiations transmises par l'écran cathodique. Et on est tombées sur quelque chose de très intéressant.

— Un article, poursuit Étienne, où on décrivait ce qui pourrait arriver si on parvenait à concentrer certaines radiations non ionisantes, de même que les rayons infrarouges, émanant d'un écran d'ordinateur. En augmentant le potentiel radioactif, lisait-on, on pouvait jouer sur les centres nerveux et créer un effet hypnotique en annihilant totalement la volonté. De même, cela pouvait créer une espèce d'ivresse hallucinatoire, allant jusqu'à causer des nausées, des maux de ventre et des maux de tête.

L'article mettait en garde les fabriquants de logiciels qui cherchent toujours à mettre de l'avant de nouveaux jeux plus poussés, jouant avec une définition graphique extrêmement précise, des formes audacieuses et des couleurs inédites. C'était un article écrit il y a un peu plus de quatre ans par... Ronald Boursier!

— *Boldness and Bondage!* s'écrie Joëlle.

— C'est le nom du jeu sur lequel tu jouais quand on est allé te retrouver? demande Geneviève.

— Oui! répond-elle. Si on allait chercher la disquette, ça en serait une preuve ça, non?

— Pour incriminer Boursier, sûrement! intervient Gérard. Mais avant de pouvoir remonter jusqu'à Thibault...

— Exactement! poursuit Étienne. C'est pourquoi tu dois aller là-bas. Mais ne t'inquiète pas, Joëlle. Mon père va s'y rendre avant que tu sois arrivée. Il se postera devant la porte de secours. Dès que tu le pourras, tu iras lui ouvrir. Le reste ne sera plus qu'un jeu d'enfant. En se servant d'un chiffon imbibé de chloroforme, il se débarrassera de l'infirmière et disposera ainsi de tout le temps voulu pour amasser les preuves de la forfaiture de Thibault.

— De la quoi? demande Joëlle.

— La forfaiture! répond impatiemment Étienne. Sa trahison, son escroquerie, si vous préférez.

Les trois filles le regardent, amusées.

— Qu'est-ce qu'il y a? demande Étienne. Qu'est-ce qu'elles ont à me regarder, celles-là?

Joëlle s'élance vers lui et le pousse sur le lit. Étienne tombe sur le dos et la jeune fille s'assoit sur son ventre et se met à lui donner des petites tapes sur les joues.

— Sa forfaiture! dit-elle, moqueuse. Tu pourrais pas parler comme tout le monde, Malouin!

— Est-ce que c'est de ma faute, moi, si je lis beaucoup!

— Non, c'est pas de ta faute.

Elle le regarde avec une lueur dans les yeux. Une lueur où Étienne peut lire que cette fois il a gagné sa confiance. Une lueur où le jeune garçon s'abreuve un instant de tout l'amour du monde. Cette jeune fille lui fait tant de bien.

— Mais si le plan de Thibault n'a pas marché avec moi, ça, c'est de ta faute.

Joëlle le regarde un instant puis ajoute dans un murmure:

— Merci.

Et par le discret baiser qu'elle pose sur sa joue, Étienne comprend qu'elle accepte la dangereuse mission qu'il va lui confier.

Elle sait enfin toute l'histoire, se dit-il.

Enfin, presque toute.

Il n'y a qu'une chose qu'elle ne sait pas encore. Ça. Mais comment lui parler de ça?

26

Étienne avait quitté la polyvalente après s'être assuré que chacun savait ce qu'il avait à faire. Gérard attendrait une petite heure avant d'appeler la polyclinique pour donner le temps au père d'Étienne de se rendre aux Hespérides. Puis il attendrait l'ambulance avec elle et insisterait pour monter à bord. Les ambulanciers refuseraient, mais il ferait valoir que le père de Joëlle, le sous-ministre Dubreuil, le lui avait ordonné. Tout le monde connaissait le poids et l'importance au sein de la communauté du sous-ministre de la Justice, Jean-Évariste Dubreuil.

Les deux filles, de leur côté, devront se rendre chez Joëlle afin d'avertir les parents que leur fille a eu un malaise et qu'elle est à la polyclinique. Elles devaient absolument leur faire comprendre qu'il était inutile de s'y rendre étant donné la règle stricte concernant les visites. Puis, elles devaient se rendre chez elles et attendre des nouvelles.

Quant à Joëlle — ben oui, je ne suis pas sourde ni tout à fait idiote, Malouin! — elle doit se tenir immobile le plus possible et attendre qu'on l'ait emmenée dans l'aile D avant de faire quoi que ce soit. Là, attendant l'occasion et suivant le plan détaillé d'Étienne, elle se rendra à la porte de secours, derrière laquelle le Dr Édouard Malouin, alias le «Dr Koch», l'attendra. Après l'avoir laissé entrer, elle devra retourner se coucher et feindre la douleur afin d'attirer l'infirmière de garde. Le père d'Étienne s'occupera de celle-ci — de manière «indolore» — afin de pouvoir ensuite travailler tout à son aise à récolter les preuves et les notes nécessaires à l'inculpation de Thibault.

Le plan semblait sans faille.

Bien sûr, comme on ignorait les tests et traitements préliminaires auxquels s'adonnerait le personnel paramédical de l'ambulance, c'était la seule partie du plan qui présentait un quelconque point d'interrogation. Mais la présence de Gérard à bord de l'ambulance avait été prévue pour parer à toute éventualité. En effet, quelle catastrophe si l'un des ambulanciers faisait une injection à Joëlle qui la mettrait hors de combat! Heureusement, le voyage s'est déroulé sans histoire. Les deux ambulanciers ont même très peu protesté de la présence à bord de Gérard. Le hasard les favorisait. C'était bon signe.

Arrivé devant Les Hespérides, l'un des hommes dit à l'autre:

— Débloque la civière, mon Pete! Je vais aller ouvrir.

Voyant le travail qu'il a à faire, Gérard décide d'aider le dénommé Pete. Ils descendent la civière et font jaillir les roues sur lesquelles ils déplacent ensuite l'engin. Gérard les accompagne le plus loin possible. Mais le nouveau gardien, un géant, lui bloque le passage dès l'entrée.

— Désolé, monsieur, dit-il. Vous ne pouvez pas accompagner la malade dans l'aile D. C'est une zone d'accès hautement restrictif. Seul le personnel de la clinique a le droit de s'y rendre.

Gérard proteste. Il doit l'accompagner. Son père est en l'occurrence le sous-ministre Dubreuil. Il lui faudra rendre des comptes.

Rien à faire. Le colosse est intraitable.

Contrarié d'être aussi vite exclu de la course, Gérard marche vers le stand de taxi qui se trouve de l'autre côté du terre-plein face à la polyclinique.

C'est alors que lui vient une idée. Pourquoi ne pas rejoindre le père d'Étienne en haut de l'escalier de secours? À deux, ils seront encore plus efficaces. Gérard est un solide gaillard. En cas de grabuge, sa force pourrait servir. N'écoutant que son courage, il fait un immense arc de cercle devant le bâtiment afin de ne pas être vu. Puis il contourne la clinique, scrutant chaque escalier de fer forgé noir dans le but de trouver celui où attend le Dr Édouard Malouin.

Tout à coup, il aperçoit dans le haut d'un de ces escaliers, une forme tapie dans l'ombre. Il gravit les marches silencieusement. Parvenu en haut, il constate que l'autre fait face à la porte et n'a donc pu le voir venir. Il lui met délicatement une main sur l'épaule.

— Bonsoir, Dr Malouin, dit-il. Je suis...

Mais il n'a pas le temps de terminer sa phrase. L'homme se jette sur lui et l'empoigne. Le palier sur lequel ils se battent n'est pas très grand. Heureusement. Ils arrivent rapidement au bout de celui-ci et alors, ne bénéficiant plus de l'effet de surprise, le Dr Malouin se fait propulser contre la porte par le robuste infirmier.

Malouin s'apprête à repasser à l'attaque, mais cette fois avec moins de conviction. Il se contente de tenir son adversaire par le

216

col de son manteau et de serrer. Cela donne enfin à Gérard l'occasion de tout lui dire.

— Dr Malouin! Arrêtez! Vous allez finir par nous tuer! Je suis Gérard, l'infirmier de la polyvalente! C'est moi qui ai fait les injections à la petite Dubreuil pour la ranimer. Je suis au courant pour Thibault! Je suis ici pour vous aider!

L'autre relâche immédiatement son emprise.

— Je vous demande pardon, dit-il de sa voix profonde et râpeuse. Étienne m'avait parlé de vous, mais comment aurais-je pu savoir?... Je vous demande pardon.

— Ça ne fait rien. Nous ne sommes pas blessés, ni l'un ni l'autre, ce qui en l'occurrence est le principal.

— Mais que faites-vous ici? Dans le plan mis au point avec Étienne, il était entendu que je devais entrer seul dans la polyclinique.

— Je sais, je sais, répond Gérard. Mais il m'a semblé que, dans les circonstances, il allait peut-être y avoir du danger et qu'en ce cas, il valait mieux que vous ayez de l'aide.

— En l'occurrence, vous.

— J'allais le dire.

Les deux hommes commencent leur attente. Au bout d'une demi-heure, ils ont les pieds gelés. Le contact avec le métal froid n'aide guère. Ils se soufflent dans les mains. Ils espèrent grandement que leur plan n'a pas été éventé. Si le docteur Thibault s'est rendu compte de la supercherie, il risque de faire passer à Joëlle un fort mauvais quart d'heure.

Quarante-cinq minutes plus tard, ils attendent encore. Gérard a le bout du nez rouge vif, ce qui, avec ses lunettes rondes aux montures noires, lui donne un air plutôt rigolo. Quant à son compagnon, il a la barbe couverte de frimas. En ce soir de janvier, le froid hivernal veut sans doute battre son propre record et faire disparaître tout à fait le mercure dans le bas des thermomètres.

— Renonçons, suggère Gérard. Nous sommes frigorifiés. Elle n'ouvrira pas, c'est évident. Quelque chose a dû se passer. Avertissons la police.

— Sans preuve pour soutenir notre histoire? Ils vont nous rire au visage et ne se déplaceront même pas. Le Dr Thibault est presque un dieu, ici. Vous le savez. Il a probablement soigné la femme, le fils, la fille, le parrain, l'oncle ou le bisaïeul de plusieurs policiers, juges et même autres médecins de Cap-aux-Heurs. Nous devons patienter. Imaginez la panique de la pauvre petite Joëlle si, en ouvrant, elle ne me trouve pas ici.

— Vous avez raison, reconnaît Gérard. Je n'y avais pas pensé. Pardonnez-moi. Mais c'est ce froid qui me mord les joues et qui me tient les orteils dans des tenailles. Ce froid qui, en l'occurrence, me congèle les doigts. C'est à cause de lui...

Le Dr Malouin lui fait un signe de la main. Inutile d'en dire plus. Il a compris.

Sous ses épais sourcils broussailleux blanchis par le froid intense et l'humidité, Malouin sourit au brave homme. Il y a de ces gens qui sont toujours prêts à se donner pour quelque cause, se dit-il. Ou pour quelqu'un. Même à -35 degrés Celsius.

Puis, au moment où ils avaient tous deux presque perdu tout espoir, la porte s'ouvre enfin.

27

La petite Volks de Gabriel Thibault s'est immobilisée dans le banc de neige devant la maison des Dubreuil. Le jeune homme en sort et, de son pas traînant, gravit les marches de l'impressionnante demeure et utilise le heurtoir de bronze pour frapper à la porte.

Quand il lui ouvre, son copain Antoine a l'air complètement affolé. Cette attitude inhabituelle chez le frère de Joëlle fait tout de suite comprendre à Gabriel que quelque chose de grave est arrivé.

— Qu'est-ce que tu as? demande le petit-fils du docteur Thibault.

— C'est Joëlle, répond Antoine. Valérie et Geneviève sortent d'ici. Joëlle est avec les autres à la clinique.

— Quels autres? demande Gabriel. De quoi parles-tu?

— Ah! Gabriel! s'impatiente Antoine. Essaie donc de comprendre sans que j'aie à te faire de dessin pour une fois! Joëlle est à la clinique de ton grand-père. Elle a attrapé la cochonnerie de maladie! Elle est dans le coma, elle aussi! Merde!

Il parle en fouillant dans le tiroir de la table du téléphone. Il est visiblement ébranlé.

— Qu'est-ce que tu cherches, Antoine?

— Le numéro de téléphone des Désilets. Mes parents et eux sont sortis ensemble, ce soir. Ils m'ont dit où, mais comme d'habitude je n'ai pas porté attention. Marie-Josée le sait peut-être, elle, où ils sont allés. Où est-ce qu'ils ont foutu le maudit carnet d'adresses?

— Comment Geneviève et Valérie peuvent-elles être certaines qu'il s'agit du syndrome de Morel? Elles ne sont pas médecins.

— Mais Gérard lui, l'est, ou presque, rétorque Antoine qui ne cesse de réfléchir. C'est lui qui a accompagné ma sœur en ambulance jusqu'aux Hespérides.

Soudain, il a une illumination.

— Dans le bureau du sous-sol! s'écrie Antoine. Ma mère va souvent faire ses appels là quand elle rentre de travailler! Le carnet s'y trouve sûrement.

Il dévale les marches menant au sous-sol. Du haut de l'escalier, Gabriel lui crie:

— Salut Antoine! Je vais aller voir Valérie et Geneviève pour en savoir plus long, d'accord?

Pas de réponse. Son ami ne l'a pas entendu. Gabriel hausse les épaules et quitte la maison des Dubreuil avec la ferme intention d'apprendre exactement ce qui est arrivé à Joëlle.

— Elle est plus loin que jamais maintenant, se dit-il. Inaccesible, la belle Joëlle. Dans quelques semaines, quelques mois, elle ira sans doute rejoindre Morel. C'est-tu beau l'amour rien qu'un peu!

Il roule à vive allure, s'immobilisant à peine aux signaux d'arrêt, tournant les coins de rues sur les chapeaux de roue et risquant à tout moment de déraper sur la neige fraîchement tombée. Il enrage.

Sans s'en rendre véritablement compte, il passe tout droit devant la demeure de Valérie et prend la direction du boulevard Esculape. Large boulevard au centre duquel s'élèvent de majestueuses épinettes et menant, comme son nom l'indique, à la clinique «Les Hespérides».

28

— **D**r Malouin? chuchote Joëlle. Je m'excuse de ne pas vous avoir ouvert avant, mais l'infirmière ne bougeait pas. Vous devez être congelé.

Elle aperçoit la silhouette massive de Gérard et a un petit mouvement de recul. Il s'avance vers elle et referme la porte derrière lui.

— C'est moi, Joëlle, dit-il pour la rassurer. C'est Gérard.

— Mais qu'est-ce que vous faites là, Gérard? demande Joëlle.

— J'ai pensé que je pourrais être plus utile ici, répond Gérard, qu'à me morfondre chez moi. De toute façon, on n'en aura pas pour bien longtemps, n'est-ce pas Dr Malouin?

— Probablement pas, répond celui-ci. Une demi-heure tout au plus.

L'étrange trio avance à pas feutrés vers la salle où reposent Simon et ses compagnons et compagnes d'infortune. L'infirmière n'est pas encore revenue à son poste. Gérard se place à l'entrée ouest de la salle et attend son retour, armé d'un chiffon et d'un petit flacon rempli de chloroforme.

— Parce que ce soir, vois-tu, poursuit le Dr Malouin, ce n'est pas pareil: je sais exactement ce que je cherche.

— Et qu'est-ce qu'on cherche exactement, Édouard? Ceci?

Comme surgis de nulle part, le Dr Aldège Thibault et Ronald Boursier se tiennent debout sur le seuil de la porte de l'ascenseur. Le Dr Thibault tient dans sa main une petite disquette bleue en plastique rigide, et Ronald un énorme revolver en métal noir non moins rigide.

— Je vous l'avais dit, Boursier. Nous n'avions qu'à être patients. Tôt ou tard, je savais que notre visiteur reviendrait. Mais quelle surprise... Jamais je n'aurais pu imaginer que l'identité de ce visiteur s'avérerait aussi surprenante: nul autre que mon ancien collègue et ami, le Dr Édouard Malouin.

Le docteur Thibault semble presque heureux de ces retrouvailles.

— J'avais bien cru, cher Édouard, t'avoir reconnu à l'assemblée du conseil municipal. Mais je n'en étais pas sûr: tu étais si loin dans la salle. Allez, sors de ce bureau et viens me serrer la main. Viens! Que je puisse constater si le temps t'a fait autant d'outrages qu'à moi. Vu d'ici, on ne dirait pas.

Lorsque le Dr Malouin se décide enfin à sortir de l'ombre, le Dr Thibault ouvre de grands yeux incrédules.

— Ma parole! dit-il d'une voix blanche. Mais... tu n'as pas vieilli d'un jour!

29

— **S**alut! Léandre n'est pas là?

— Le vieux a congé ce soir. Je le remplace.

Gabriel reste interdit quelques secondes. Le nouveau gardien n'a pas l'amabilité du bon Léandre. Le visage pâle, le physique délicat et l'affabilité du vieux Jeannois ont cédé leur place au teint bronzé, à la carrure athlétique et à la discourtoisie de ce nouvel Hercule de service.

Sur un cou de taureau repose sa tête à peine plus jolie que celle d'un bouledogue. Sur ses épaules, on pourrait sans doute aligner sans effort les vingt volumes d'une collection complète d'encyclopédies. Et le long du torse et des cuisses, il y a les boutons de sa chemise et les coutures de son pantalon qui ne cessent de crier grâce. En un mot, l'homme est un colosse. Avec le visage d'un molosse.

— Je suis ici pour voir le docteur Thibault, lui dit Gabriel d'un air détaché. Je sais où c'est, alors inutile de vous...

— Non.

Il y a de ces «non» qui, malgré l'apparent refus qui les caractérise, invitent tout de même à la discussion. Des «non» qui sont ouverts et remplis d'excellentes dispositions en face de celui ou celle à qui ils s'adressent. Des «non» empreints de démocratie, des «non» amicaux, accueillants, presque chaleureux. Des «non» qui, si on y regarde bien, si on les écoute attentivement et si on ne s'enfarge pas dans le pied de la lettre, deviennent presque des «oui». Il y a de ces non.

Celui-ci, hélas, n'en est pas un.

Celui-ci est court, cassant, brutal et intransigeant. Le genre de «non» qui semble dater du big bang. Le genre de «non» qui suit généralement «Est-ce que je peux rester à coucher chez mon chum, demain soir?» ou «Ne pourriez-vous pas fermer les yeux pour cette fois, monsieur l'agent?». Ce genre de «non». Monolithique, imperturbable comme la tour Eiffel, le mont Everest ou un directeur d'école. Bref, le genre de «non» qui vous dit: «Je suis, j'ai probablement toujours été et, quoiqu'on fasse, dise ou tente, je serai probablement toujours un «non»!»

Gabriel Thibault sait reconnaître un tel non. Aussi se met-il à analyser rapidement les options qui s'offrent à lui. Pas question de tenter de prendre le gardien de vitesse. Il est évident que le colosse à visage de molosse est également véloce. Même en piquant un sprint du tonnerre, l'autre aurait tôt fait de le rattraper. Et à ce moment-là, tout petit-fils du docteur Thibault qu'il soit, Gabriel a la conviction que l'armoire humaine serait aussi délicate avec lui qu'un rouleau compresseur dans un jardin de tulipes.

Il essaie la négociation.

— Écoutez. On ne va pas s'énerver. Je suis juste ici pour...

— Écoute *ti-gars*, coupe la montagne musclée, le Dr Thibault m'a fait comprendre très clairement qu'il fallait laisser entrer personne, ça fait que je ne laisse pas entrer... PERSONNE!

Il a prononcé la dernière parole en appuyant de son index sur le bottin téléphonique ouvert sur son bureau. Ça a fait un trou dans l'épaisseur des pages. Pas possible, se dit Gabriel. Ce type doit avoir des muscles jusque sur les dents.

— Mais je suis son petit-fils! Et je dois absolument voir mon grand-père!

— Tu ne comprends pas, hein? lui dit le gardien d'une voix qui fige le jeune homme sur place. Tu n'as pas hérité du cerveau de ton grand-papa, c'est ça? Je vais recommencer, d'abord... PERSONNE! ÇA VEUT DIRE «PERSONNE»! SANS EXCEPTION!

Inutile d'insister. Jamais il n'arrivera à convaincre ce festin pour cannibales.

Et pourtant, il sent sourdre du fond de lui, ce besoin de plus en plus pressant de parler à son grand-père et de l'entendre lui répondre quelque chose de rassurant. De sa voix chaleureuse et enveloppante, il aura pour lui ce petit mot d'encouragement. Celui qui, comme une formule magique, ouvrira la porte de cette grotte secrète où se terrent nos angoisses. Il trouvera le mot exact. Il l'a toujours trouvé.

Tout petit, quand les choses allaient mal, c'est inévitablement vers son grand-père qu'il se tournait. Il y a des connivences qui ne s'expliquent pas. Elles sont là, comme le temps et l'espace. On ne les questionne pas. Elles vont de soi. Son grand-père et lui s'étaient toujours compris.

Et puis, il désire apprendre où en sont ses travaux. Ses yeux avaient brillé d'espoir quand il était venu souper, l'autre soir. Est-il sur le point de terrasser cette horrible maladie? Quelles sont les chances de Joëlle de s'en tirer?

Joëlle. Il veut la voir, elle aussi. Il doit la voir. Son grand-père le lui permettra sûrement. Il n'aura qu'à revêtir tous les vêtements de protection du monde et lui promettre d'agir avec la plus grande prudence.

Seulement voilà! Avec sa largeur et sa hauteur de réfrigérateur pour famille nombreuse et sa vigilance de vieille bibliothécaire, le cerbère qui surveille l'entrée de la clinique représente un obstacle respectable.

Il doit avoir un point faible. Son professeur de karaté dit toujours que chaque être a un point faible. Pour le vaincre, il s'agit de le trouver. Et de l'utiliser.

À vue de nez, aucun point faible au plan physique. Peut-être au plan intellectuel alors? C'est possible. En l'observant un peu, Gabriel conclut que le gardien ne s'apprête sans doute pas à passer son doctorat en sémiotique appliquée. Les seuls examens qu'il a dû réussir au cours de sa vie sont sans doute ceux qu'il a passés chez le médecin. Et encore.

Il lui rappelle son oncle Richard, connu dans la famille sous le sobriquet de «Dick le dragueur». Presque tout dans les bras. Et le reste, un peu plus bas.

Mais les apparences peuvent être tellement trompeuses.

Comment faire pour le distraire, pour détourner son attention?

Si seulement il pouvait se présenter une urgence. Un feu, un appel à la bombe, une explosion, une ambulance, une fille en bikini, un martien, n'importe quoi.

Puis, tout à coup, une idée naît enfin dans son esprit. Une idée qui grandit, prend forme et qui est à ce point audacieuse qu'elle a toutes les chances de réussir. Surtout si le surveillant est aussi limité intellectuellement que le présume Gabriel.

Saluant le géant en ronchonnant un peu, il sort de l'immeuble. Puis il traverse la rue en courant, passe derrière le bouquet d'arbres du petit parc et s'installe à l'intérieur de l'une des trois cabines téléphoniques. Il attend cinq à six minutes puis glisse vingt-cinq sous dans la fente de l'appareil. Tactique classique de diversion, mais il espère qu'elle fonctionnera.

Il veut tant voir Joëlle. Il doit voir Joëlle. C'est plus fort que tout. Il aime cette fille au-delà même de la douleur qu'il éprouve en pensant qu'elle ne l'aimera jamais en retour.

Il signale le numéro de la polyclinique.

— Les Hespérides, bonsoir, répond le gardien.

Gabriel avait d'abord pensé prendre une voix de vieille femme, mais il craignait que ça ne sonne faux. Un vieil homme alors? Non, encore trop caricatural. Quelqu'un qui parle du nez? Ça fait déjà vu et pas assez sérieux. Une voix de femme, douce et sensuelle? Pas bête! D'autant plus que ça ajoutait des chances de réussite au plan, considérant le côté macho du gardien.

Avec un accent français? Encore mieux! Le gardien va devoir se pincer pour se convaincre qu'il ne rêve pas! Il va se lancer sur cet appât-là comme une souris sur une tranche de fromage fondu.

— Oui, bonsoir, commence Gabriel d'une chaude voix d'outre-lit. Est-ce que je parle au gardien de la clinique présentement?

— Oui, m'dame, dit le gardien en se redressant en même temps que sa cravate. Je peux faire quelque chose pour vous?

— C'est-à-dire que c'est MOI, monsieur, répond Gabriel en roucoulant. C'est MOI qui s'apprête à faire quelque chose pour VOUS?

— Ah bon? répond le gardien en s'éclaircissant la gorge et en espérant que la jeune femme allait en faire autant de ses intentions. Et qu'allez-vous faire pour moi?

— J'habite un appartement donnant sur l'arrière de votre clinique, voyez-vous, et je viens de m'apercevoir qu'il y a deux ou trois jeunes gens qui rôdent près de votre immense benne à déchets. Je crois que ce sont de ces affreux drogués de Saint-Romuald. Ils viennent très souvent flâner autour de la clinique dans l'espoir de mettre la main sur une seringue usagée ou... Oooooooooh! Ça y est!

— Quoi «ça y est»? demande le gardien. Qu'est-ce qui se passe?

— L'un des jeunes vient de sauter dans la benne! Mon Dieu! L'autre aussi! Vite! Vous devez aller les attraper!

Le gardien hésite.

— C'est que je ne peux pas laisser mon poste de surveillance, moi, madame! J'ai des ordres! Appelez la police, ils vont s'occuper d'eux.

— La police?

Et voilà! Le plan de Gabriel va échouer! Il lui a pourtant semblé que l'homme était beaucoup moins intelligent que ça.

— Vous voulez que j'appelle la police? Pour un travail que vous pourriez faire vous-mêmes et pour lequel on vous paie?

— Je ne peux pas laisser la porte, madame.

Gabriel prend alors la voix froide et déçue d'une femme dont le mari vient de lui annoncer qu'il va apprendre à jouer au golf. Une ultime tentative.

— Je vous comprends, monsieur. Vous avez raison, on n'est jamais trop prudent. Et puis, vous N'ÊTES QUE gardien de sécurité et non policier...

— Il ne s'agit pas du tout de ça...

— ...vous n'avez ni les compétences ni l'entraînement...

— Heyey! Il ne s'agit pas du tout de ça...

— ...on ne vous a pas montré comment. Et les jeunes d'aujourd'hui sont si forts. Il n'y a qu'à les voir porter ces immenses radios...

— Il ne s'agit pas du tout de ça...

— ... en plus, eux, ils sont trois jeunes gens vigoureux, dans la force de leur jeunesse, tandis que vous, vous êtes seul, et d'un certain âge sans doute...

— IL NE S'AGIT PAS DU TOUT DE ÇA...

— ... et trois gamins en manque de drogue vous terrasseraient probablement très facilement. Je comprends, je comprends...

— IL NE S'AGIT PAS DU TOUT DE ÇA! Et je vais vous le prouver tout de suite! Je vais y aller! Vous allez voir que ce n'est pas deux ou trois petits dopés qui vont me faire peur! Ils sont toujours là?

— Toujours! Et quel dégât ils font. Je les vois très bien de ma fenêtre.

— Ah oui? Ben, regardez-moi bien foncer dans le tas! Si vous ne savez pas ce que ça veut dire «un chien dans un jeu de quilles», vous allez l'apprendre.

Gabriel assène alors le coup de grâce à ce pauvre gardien. Il prend sa voix la plus ardente et la plus prometteuse et murmure dans l'appareil:

— Je vais rester à ma fenêtre. Quand ce sera terminé, je vous ferai un signe de la main pour que vous sachiez où j'habite. Si parfois, après votre service, il vous venait l'envie d'un café... J'ai beaucoup d'admiration pour les hommes forts et courageux, vous savez!

— C'est pas impossible, madame... Madame?

Gabriel se met à penser à un prénom à toute allure. Quelque chose de suggestif et d'exotique. Vite! Pour l'achever! Pour le mettre à genoux! Pour le faire courir vers la benne plus vite qu'un lièvre gavé aux stéroïdes.

— Xavierrrranda! répond-il, feulant comme une jeune tigresse.

— À tantôt, madame Xavieranda.

Le téléphone est raccroché. Le gardien est déjà dans la rue. Son regard se tourne vers la gauche, vers la droite, puis il fonce en direction de l'arrière de l'édifice.

De son côté, Gabriel en profite pour se faufiler à l'intérieur de la polyclinique.

— En espérant que les rats ne lui donnent pas trop de fil à retordre, se dit-il en riant. Et maintenant, à l'aile D. Grand-papa va sûrement être surpris de me voir. Mais je suis certain que ça va lui faire énormément plaisir.

30

Thibault est à deux ou trois mètres du docteur Malouin. Sa main tremble. Son teint est livide. L'expression qu'on lit sur ses yeux en est une d'incompréhension.

— Comment?... demande-t-il. Comment se fait-il que tu aies si peu vieilli, Édouard?

Puis il écarquille les yeux et dans un accès de colère aussi brusque qu'inattendu, il lance:

— TU AS TROUVÉ? TU AS TROUVÉ?

— Non, lui répond simplement Malouin, je n'ai pas trouvé, docteur Thibault.

— Mais alors, reprend le vieil homme, comment expliques-tu que tu aies l'air de ça?

Le docteur Thibault pointe sur Malouin un long doigt osseux. Sa lèvre inférieure, couverte de salive, tremble un peu.

— Tu as **plus de soixante-dix ans** et on ne t'en donnerait pas cinquante, dit-il.

Malouin ne répond rien. Il se contente de fixer Thibault dans une attitude où se confondent calme et aménité. Apparemment, il éprouve une certaine tendresse pour son ancien collègue.

— Il a dû se faire opérer, suggère Ronald Boursier. Il s'est fait remonter le visage, greffer des cheveux et retirer du gras par liposuccion. Quelle importance? Finissons-en docteur Thibault! Qu'est-ce qu'on fait avec eux? Moi, je suggère...

— Comment osons-nous? hurle Thibault. Comment osons-nous demander «Quelle importance», Boursier? Cela a toute l'importance du monde!

Sa voix martèle puissamment chacune des syllabes de chacun des mots qu'il prononce. Il lance ensuite à son complice un regard oblique et menaçant.

— Souvenons-nous de qui nous sommes, Boursier! lui crache-t-il, toujours en proie à la colère. Souvenons-nous que sans moi, nous serions probablement en train de pourrir dans une cellule! Alors ne nous avisons plus jamais de m'interrompre ou de juger de ce qui est important et de ce qui ne l'est pas! Entendu?

L'appariteur, humilié, ne répond pas. Mais dans son regard, on peut aisément lire qu'il n'a pas du tout apprécié d'être ainsi rabroué devant les autres. Oh! Mais pas du tout! Et ce «nous» médical est en train de lui donner la nausée.

— Quant à toi, dit le médecin en désignant Malouin, tu vas maintenant m'expliquer comment il se fait que tu aies l'air de quelqu'un qui vient de prendre un bain dans la fontaine de jouvence.

Il n'a pas sitôt fini sa phrase qu'il semble tout à coup frappé par une illumination. Il avance vers Malouin qui a instinctivement un mouvement de recul. Boursier pointe son arme vers Gérard et Joëlle leur faisant comprendre de ne pas intervenir, quoiqu'il advienne. L'homme de science tend une main vers Malouin.

— À moins que…, murmure Thibault en saisissant l'impressionnante barbe noire entre ses doigts maigres comme les serres d'un oiseau rapace.

Il tire de toutes ses forces. Malouin pousse un petit cri. La barbe cède d'un coup, révélant un visage glabre et jeune.

— Évidemment! jubile Thibault. Comment n'y ai-je pas songé plus tôt? Évidemment!

Portant maintenant la main à l'abondante chevelure noire maintenue en queue de cheval par un élastique, il la retire aussi facilement qu'un bonnet. Dessous, une longue tignasse châtaine est écrasée sur les tempes par la chaleur et l'humidité causées par la perruque.

Le vieux médecin lui frotte ensuite frénétiquement le tour des yeux et du nez et un épais latex reste collé à ses doigts. Puis, comme un peintre qui veut apprécier les dernières retouches apportées à son œuvre, il recule et tout le monde pousse un cri de stupeur.

Celui qui se faisait appeler Édouard Malouin lève sur l'assistance un visage jeune et beau: le visage d'Étienne Malouin!

— Étienne! s'écrie Joëlle, abasourdie.

Elle n'en revient pas: pourquoi Étienne s'est-il déguisé en son père? Serait-ce que lui et son père ne sont en réalité qu'une seule et même personne? Mais alors, quand son père et lui s'étaient parlé au téléphone de l'infirmerie au sujet des médicaments qui allaient la ranimer, à qui parlait-il? À personne, évidemment! Geneviève et Valérie ne lui avaient raconté que ce qu'elles avaient vu.

Et le soir, chez lui, raisonne-t-elle. Le fils d'abord, le père ensuite. Mais jamais ensemble. Tout n'a fonctionné que grâce à un incontestable talent de suggestion et de persuasion. Une présence supposée, admise, allant de soi.

Mais le père et le fils n'étaient qu'un.

Et quand il l'a raccompagnée chez elle sous les traits d'Édouard Malouin, ce n'était qu'une habile mise en scène pour qu'elle voie de ses yeux que son père existait bel et bien. Elle s'était endormie subitement ce soir-là — avec l'«aide» de la tisane, évidemment! — afin de lui donner le temps de changer d'apparence.

— Et ton père? demande Thibault, laconique.

— Mort, répond succinctement Étienne.

Thibault pousse un profond soupir.

— Depuis longtemps?

— Assez longtemps.

— Et toi, jeune Étienne?

— J'ai fait ma médecine. J'écris des articles. Je pratique souvent sous les traits de mon père et je travaille comme assistant de recherche dans une université sur la côte est.

— Et tu m'as retracé. Pourquoi?

— Un reportage du *Medical Review* concernant l'étrange maladie qui avait frappé quelques jeunes de Cap-aux-Heurs. On y parlait de vous. J'avais toujours en tête les paroles de mon père quelques mois avant sa mort. «Thibault n'est pas un méchant homme, Étienne, m'avait-il dit. Rappelle-toi ça. Mais c'est un obsédé pouvant devenir aveuglé par le but qu'il poursuit. Il serait bon de l'avoir toujours à l'œil, tu m'entends? Il a un charme et est capable de tout. Du meilleur comme du pire. Et je me sens un peu responsable de ses obsessions.» J'ai fait mes valises et je suis venu m'installer ici.

— Comment as-tu conclu que j'étais le cerveau de cette affaire? Que j'étais celui par qui le syndrome existait?

— Quelques indices glanés ici et là. Votre façon de me répondre quand, à l'assemblée municipale, je vous ai interrogé sur l'origine microbienne de la maladie. Vous êtes devenu anormalement tendu alors que ma question était tout à fait routinière. Par la suite, une petite visite sous les traits du fameux docteur Koch — mort en 1910, vous devriez travailler la culture médicale de votre personnel, docteur! — m'a permis de fouiller tout à mon aise dans les dossiers des patients.

— Mais il n'y avait rien de révélateur dans ces dossiers?

— Séparément, non. Mais étudiés simultanément, ils m'ont appris que, comme vous ne contrebalanciez pas par un stimulant quelconque — pseudoéphédrine ou adrénaline — l'effet soporifique des anticonvulsivants administrés régulièrement à vos patients, vous les mainteniez *volontairement* dans un état semi-comateux. Pourquoi? Dans quel but? Il me fallait plus d'informations pour soutenir ma thèse d'un complot médical. Il me fallait connaître la source du syndrome de Morel.

Au mot «syndrome de Morel», le docteur Thibault étouffe un gloussement. Il porte la main à sa bouche afin de se racler la gorge et faire diversion.

— Quand j'ai pu découvrir que la source — les émanations radioactives de l'écran cathodique de Boursier — était aussi contrôlable, il ne m'en fallait pas plus pour tirer mes conclusions. Mais quand on vous connaît, je me doutais que deux précautions valaient mieux qu'une. Il me fallait m'emparer d'un de ces sacs de soluté. J'étais convaincu qu'à l'analyse on y découvrirait des traces d'un puissant somnifère, phénobarbital ou autre, entrant goutte à goutte dans le système sanguin des sept patients. Je me trompe?

— Non, répond simplement Thibault. On a effectivement dû «baptiser» notre soluté afin de favoriser chez nos pensionnaires un sommeil plus profond.

— J'ai donc acquis la conviction que vous aviez décidé de réaliser ce dont vous aviez parlé avec mon père à la pharmacie, ce fameux jour de juin, vous vous souvenez?

— Tout à fait, répond Thibault, l'air complètement absent. Que notre société était devenue un monde où les contradictions les plus flagrantes pouvaient se côtoyer. D'un côté, on vend la santé et de l'autre, de quoi la détruire. On vous recommande de ne pas fumer, de boire modérément, de bien manger, de conduire avec prudence et on vous présente des cigarettes extra-légères, de l'alcool à volonté, de plus en plus de moyens de restauration rapide dont la valeur nutritive est très douteuse et, bien sûr, de puissantes voitures sport qui feront des dépressions nerveuses si elles sont maintenues en dessous des limites de vitesse.

— Et c'est alors, poursuit Étienne, que vous avez dit à mon père que nous autres, les médecins, n'aurions qu'à faire les deux boulots pour nous assurer puissance et fortune. Il fallait créer un besoin. Je le sais, il m'a tout raconté. Trouver d'abord comment détruire la santé et «découvrir» ensuite de quoi la restaurer. Bien évidemment après des mois, voire peut-être des années de recherche.

Thibault déambule de long en large entre les deux rangées de lits. Trop heureux d'expliquer enfin à quelqu'un la démarche scientifique qu'il a suivie, il expose, il explique... il exulte!

— Il nous fallait un endroit qui suive à la perfection les préceptes de la vie d'aujourd'hui. Nous y avons mis du temps, mais nous sommes enfin parvenus à trouver. Ici, à Cap-aux-Heurs! C'est exactement le genre de petite ville parfaite pour l'élaboration d'un tel plan. Nous avons d'abord gagné la confiance de la population par des «cas» que nous avons presque miraculeusement «solutionnés».

— Des comédiens grâcement payés, je présume, lâche doucement Étienne.

— Oui, répond simplement Thibault. Avec l'aide de Dame Rumeur et de quelques infirmières trop heureuses de vanter leur patron — il y en a de ça, vous savez? — nous nous sommes bâti une réputation de compétence et de quasi-infaillibilité. À cela, se mêlaient les vrais cas qui étaient solutionnés très souvent dans le plus authentique respect des valeurs médicales orthodoxes.

— Ensuite, vous êtes passé aux choses sérieuses! continue le jeune homme.

— Assez curieusement, nous avons trouvé ici, et pour notre plus grand bonheur, une population exagérément craintive pour sa jeunesse, au point d'en friser la paranoïa. Tous les habitants ou presque étant riches et influents, nous avons mis au point une habile opération qui allait nous assurer à la fois subventions et sujets d'expérimentation.

Joëlle crispe les poings de rage. Elle éprouve pour cet homme une telle haine, un tel dégoût qu'elle en a des haut-le-cœur. Il lui avait pris Philippe, puis Simon. Et maintenant, il poussait l'audace et la cruauté jusqu'à s'en féliciter.

— Quand le temps est venu, poursuit Thibault, nous avons donné l'ordre au bon Ronald Boursier, que nous avions, quelques années plus tôt, tiré d'une «fâcheuse situation», de se mettre à l'œuvre.

Boursier devait choisir les victimes selon différentes caractéristiques. Nous avions dressé une liste des «clients potentiels» à qui il devait communiquer le syndrome à un moment où ces jeunes seraient particulièrement déprimés. Un état moral bas minimise la volonté du sujet et maximise sa vulnérabilité à la maladie. C'est pourquoi nous tâchions en plus de choisir des jeunes faisant partie du même groupe d'amis. Cela rendait également l'hypothèse de la contagion plus plausible.

— Et vous avez emprisonné dans votre clinique des jeunes gens innocents uniquement pour faire de l'argent? C'est abject! s'exclame Gérard qui, tellement outré, en a oublié d'utiliser «en l'occurrence».

— Non! proteste Thibault. Non, Gérard. Pas pour faire de l'argent. Pour pouvoir travailler à une œuvre encore plus grande

250

qui, elle, demande du temps et beaucoup d'argent. L'argent dans notre cas n'est pas un but, mais un outil.

— Et quelle est cette «œuvre» si importante que vous vous soyiez cru permis de réduire à l'état de légume sept jeunes vies?

— Temporairement! répond Thibault. Dès que nous aurons mis fin à nos travaux, et nous achevons, nous mettrons également fin à leur sommeil.

— Vous ne m'avez pas répondu, docteur, poursuit Gérard. Quelle est cette œuvre?

— Ça! s'exclame Thibault en pointant Étienne. Regardez-le. Il est beau, jeune et frais. Il a un teint resplendissant, une peau sans la moindre ride, un corps ferme et vigoureux. Et pourtant, combien grand sera votre étonnement lorsque vous apprendrez que ce jeune homme, à qui vous ne donnez pas plus de dix-sept ou dix-huit ans, en a réellement... Au fait, quel est ton âge réel, Étienne? Quarante-cinq? Quarante-six ans?

Étienne regarde chacune des personnes debout devant lui en s'arrêtant un long moment sur Joëlle. Puis il laisse tomber dans un souffle:

— J'ai quarante-sept ans.

Un lourd silence s'abat sur le groupe.

Gérard, les mains dans les poches de son épaisse canadienne, ouvre de grands yeux. Il tente de se convaincre qu'on est en train de lui jouer le plus énorme tour de sa vie. Il se surprend même à chercher une caméra vidéo qui aurait pu être dissimulée derrière la vitrine d'où les visiteurs viennent voir leur enfant sans risquer la contagion. Quarante-sept ans?

Même Ronald Boursier semble estomaqué par cette dernière révélation. Comment ce garçon à l'allure si adolescente, au teint si éclatant peut-il avoir huit ans de plus que lui? Quarante-sept ans?

Il n'y a que Joëlle qui, allant de surprise en surprise depuis le début de cette histoire, n'a pas le moins du monde l'air impressionné.

«Ça y est, se dit la jeune fille pour elle-même, plus rien concernant Étienne ne pourra désormais m'étonner. Il a été espion, agent de la GRC, fils d'un enquêteur médical et maintenant, il n'est plus espion, il n'est plus agent, il est son propre père et il a quarante-sept ans, alors qu'on lui en donnerait trente de moins. Et puis quoi encore?

«On m'apprendrait demain qu'Étienne est en réalité une fille qui vient du futur ou qu'il est un descendant des extra-terrestres qui ont colonisé notre planète et je pense que je répondrais quelque chose du genre: Ah bon, c'est intéressant.»

— Quand on a vu ça, poursuit Thibault en désignant Étienne, on ne peut plus envisager l'existence de la même manière. Voyez-vous, lorsque mon collègue Édouard et sa charmante femme ont constaté qu'Étienne à l'âge de trois ans ne grandissait pas très vite, ils se sont inquiétés et ont procédé à quelques tests. Ils craignaient que leur fils ne soit atteint de nanisme. Mais ils ont vite conclu qu'il n'en était rien, car il n'en présentait aucun autre symptôme.

«Puis, au fil des mois, ils ont pu observer des changements graduels dans l'aspect physique de leur fils, mais à un rythme très très lent. Ils se sont finalement rendus à l'évidence: Étienne souffrait d'une maladie qui ne porte pas de nom et qui se caractérise par une hyper-lenteur dans le vieillissement des cellules. Quand il s'en est confié à nous, Édouard ne se doutait pas à quel point cette révélation nous affecterait.

«Moins d'une année avant, ma femme était morte d'une atroce maladie dégénérative. Devenu obsédé par ce jeune homme aux cellules se détruisant si lentement et se reproduisant surtout à une telle rapidité, nous lui avons fait passer quelques tests à l'insu de ses parents. Il venait à la clinique et, prétextant vouloir s'amuser un peu avec lui, nous l'emmenions dans notre bureau. Mais un jour, Édouard s'en est aperçu. Vous imaginez la violente discussion qui s'en est suivie. La semaine suivante, la famille Malouin quittait la région, emportant avec elle leur secret.

«Alors nous nous sommes mis à l'œuvre. Il fallait développer une carte génétique humaine la plus complète possible. Localiser les gènes responsables du vieillissement sur l'une des vingt-trois paires de chromosomes et trouver une façon d'en altérer la chimie.»

— Une tâche énorme, s'étonne Étienne.

— Mais quels fruits à la fin de ce labeur: une vie trois fois plus longue que celle qui nous est conférée! Ce travail serait bénéfique non seulement pour nous et notre famille, mais pour la race humaine tout entière. Imaginez un peu ce qu'un homme de science comme Albert Einstein aurait pu apporter à l'humanité s'il avait vécu trois fois plus longtemps. Et Pablo Picasso, et Isaac Asimov, et Marie Curie, et Charlie Chaplin! Et tous ces médecins anonymes, tous ces artistes méconnus dont la créativité n'a dû s'arrêter que par abandon du corps!

Étienne, Joëlle et Gérard écoutent attentivement le discours de cet homme. Ils sont sidérés de constater à quel point le docteur Thibault croit fermement que ce qu'il a fait est moralement défendable. La désillusion qu'éprouvent l'infirmier et la jeune fille à l'égard de cet homme en qui ils avaient foi est difficile à avaler.

Lui, leur espoir. Lui, leur bienfaiteur. Lui, le dévoué médecin qui consacrait chacune des minutes de sa vie à lutter contre un mal pernicieux qui risquait à tout moment de réclamer une nouvelle victime.

Lui, le docteur Aldège Thibault n'était en réalité qu'un escroc sans scrupules, ambitieux et calculateur.

— Mais nous avions besoin d'argent pour continuer, poursuit l'homme de science. Et d'équipement également. Plusieurs appareils sophistiqués voyaient le jour en Europe et aux États-Unis. Il nous les fallait. Nous avons donc mis au point ce stratagème. Nous avons été aidés en cela par un triste individu ayant un cerveau par ailleurs brillant: ce bon Ronald Boursier.

Tous les regards se tournent vers l'appariteur informaticien qui ne sait s'il doit baisser la tête de honte ou la tenir haute de fierté.

— Sauvé *in extremis* par un brillant avocat qui n'est autre que notre cher fils, explique Thibault, Boursier avait attiré notre attention un an auparavant par un article sur les dangers des écrans cathodiques.

— Nous l'avons lu, coupe Étienne. C'est d'ailleurs ce qui nous a mis sur la piste de votre complice.

Thibault tourne des yeux de feu vers Ronald Boursier.

— Ne vous avions-nous pas ordonné de détruire toute trace de cet article dans toutes les bibliothèques de la ville? s'exclame-t-il.

Cette fois-ci, aucun doute dans son esprit, Boursier baisse la tête tel un enfant pris en défaut.

— Monstre d'orgueil et de vanité! l'insulte le médecin. Incapable de faire disparaître complètement un seul de ces articulets chantant vos louanges. Par contre, tous ceux de votre procès pour trafic de haschich dans les murs du collège où vous enseigniez sont disparus. Sale prétentieux! Fallait-il que j'eusse besoin de votre science informatique pour m'associer à un coquin de votre espèce!

Boursier relève les yeux. Deux fois, Thibault l'a insulté devant Joëlle, Gérard et Étienne. Sa fierté est un trésor précieux et il ne se laissera pas faire éternellement. Étienne a remarqué ce détail et cherche un moyen d'utiliser ce différend entre les deux hommes.

— Bref, poursuit Thibault, nous nous sommes retrouvés au centre d'une épidémie rappelant celles de méningites à la différence que, sous nos soins, les patients ne sont pas morts.

— Ah non? s'indigne Joëlle. Et Philippe? L'avez-vous oublié Philippe?

— Philippe Morel n'est pas mort du syndrome qui porte son nom, proteste Thibault. Ironique, n'est-ce pas? Il nous a été amené ici un soir et, comme il n'était pas sur la liste des jeunes ciblés, nous avons immédiatement appelé Boursier afin de nous informer.

— Morel n'a jamais joué à *Boldness and Bondage*, confirme Boursier. Ni ce soir-là, ni aucun autre soir.

— Il s'agissait, continue Thibault, d'un malheureux cas d'absorption massive de somnifères. Nous avons procédé à un lavement d'estomac. Nous l'avons branché à un respirateur. Tout ça en vain. Le mal était fait. Il est mort peu de temps après.

— J'ai suggéré au doc, coupe Boursier, de faire passer ça sur le dos du syndrome qui s'en prenait aux jeunes pour donner plus de poids à nos demandes.

— Et nous avons accepté sa suggestion.

— Un mort, ajoute l'autre cyniquement, ça motive toujours un petit peu plus. Bon coup de pub, pas vrai doc?

Aldège Thibault ne le regarde même pas.

Joëlle a l'impression d'être prisonnière d'un horrible cauchemar. Elle n'ose poser la question qui pourtant lui brûle les lèvres. Mais elle finit par amasser assez de courage pour en former les mots.

— Qu'est-ce que vous voulez dire exactement par «absorption massive de somnifères»?

— C'est bien clair, ma jolie, non? lui répond Boursier. Ton Philippe ne trouvait pas la vie assez belle pour y rester plus longtemps. Il s'est expédié au pays des rêves éternels, dans le grand vide. Il s'est sui-ci-dé!

Joëlle ne veut pas entendre ça. Philippe, son Philippe, se serait donné la mort? Impossible. Ils lui font croire cette monstruosité afin de minimiser leur responsabilité. Elle se ferme l'esprit à l'évocation même de Philippe ouvrant le pot de somnifères, Philippe en avalant le contenu, Philippe s'étendant sur le lit dans l'attente de la mort qui l'accueillera paisiblement. Non! Non! Non! Je ne veux pas! Ça ne peut pas s'être passé ainsi! C'est impossible!

— Quand on te regarde, poursuit Ronald Boursier d'un ton gouailleur, on a de la misère à comprendre sa décision de s'envoyer six pieds sous terre. Moi, avec une fille bien tournée comme toi, ce n'est pas sous terre, mais en l'air que je me serais envoyé!

— En voilà assez, Boursier! s'impatiente Thibault. Épargnez-nous votre vulgarité, voulez-vous?

— Non, réagit Ronald Boursier en se tournant vers son employeur. Vous, en voilà assez! Assez de philosophie! Assez d'histoires! Assez de bla-bla! Il est temps de décider ce qu'on fait avec eux! Les parents de la petite Dubreuil vont surgir ici d'un instant à l'autre pour voir leur fille. Votre taupin en bas ne pourra pas retenir un sous-ministre bien longtemps. S'ils aperçoivent Joëlle debout, m'est avis qu'ils vont avoir une ou deux questions à vous poser!

Le docteur Thibault est saisi par le ton dur et autoritaire utilisé par son subalterne pour lui parler. Néanmoins, il doit reconnaître que celui-ci a raison.

— Nous allons à tous les trois faire une piqûre de concentré de prométhazine, décide le docteur Thibault. Cela induira un profond sommeil s'apparentant à un état semi-comateux. Nous les brancherons ensuite comme les autres à un soluté spécial. Il faudra cependant augmenter la dose de phéno car ils n'auront pas eu les injections régulières des autres patients.

— Mais après? proteste Boursier. Il faudra bien qu'on les réveille un jour. Et alors, ils raconteront tout. Ce n'est pas bon comme solution, docteur. Pas bon du tout.

— Et qu'est-ce que vous nous suggérez?

— On leur fait une injection comme vous dites. Mais de laquelle ils ne devront pas se réveiller.

— Les tuer? Jamais!

Ronald Boursier s'approche du docteur Thibault.

— Voyons, voyons doc. C'est pas le temps d'avoir des scrupules! Pensez à votre œuvre! Le besoin de la masse doit l'emporter. Même au prix du sacrifice de quelques-uns.

— Non, je ne pourrai jamais, dit Thibault en abandonnant le «nous» médical. Je ne pourrai jamais me résoudre... Les autres, je savais que je les ramènerais tôt ou tard. Et qu'est-ce que quelques mois de coma en regard d'une vie dont la longueur serait triplée? Mais là, ce n'est pas d'emprunt dont vous me parlez. C'est de vol. C'est de... meurtre!

— Mais pensez donc à toutes les informations que vous pourrez tirer du corps de Malouin grâce à votre génoscope. Vous pourrez comparer la carte de son génome avec celle des autres, voir où sont les anomalies. Vous allez faire des pas de géant. Encore quelques mois et vous tiendrez la solution, je le sens. Et alors, à nous les *bidous*!

Étienne frissonne. L'idée de se faire fouiller dans le corps ou de se faire endormir à long terme ne lui sourit guère. Bien sûr, il y a des chances pour que Geneviève et Valérie alertent la police en apprenant la nouvelle de leur hospitalisation, mais rien ne l'assure que les autorités ajouteront foi à leur histoire. Sans preuves, elles feront face au même problème que lui.

Il doit tenter quelque chose.

— Vous en êtes là, docteur Thibault, dit Étienne calmement. Tôt ou tard, il fallait bien qu'il en soit ainsi. Vous ne pouviez vous servir éternellement du corps d'autrui, en disposer comme bon vous semble, sans qu'il n'y ait un changement moral qui s'opère en vous. Votre conscience s'élasticise. D'abord, capturer des jeunes gens, les faire souffrir de terribles maux, ensuite les garder prisonniers, leur injecter des produits qu'ils mettront du temps à éliminer de leur corps, sans penser aux nombreuses séquelles possibles.

Thibault écoute Étienne avec attention. Ses yeux se tournent vers les corps allongés des sept jeunes cobayes. Il n'avait pas prévu que la situation en arriverait là. Il s'était donné six mois. Après il aurait tout arrêté, réveillé les jeunes gens et proclamé que le syndrome de Morel était désormais une menace du passé. Vaincue et révolue.

Mais voilà, le délai de six mois était largement dépassé et rien n'indiquait que Thibault s'en tiendrait à la promesse qu'il s'était faite. Un peu plus de temps. Chaque fois, un tout petit peu plus.

— On abaisse continuellement la barre des valeurs, docteur, poursuit Étienne comme s'il pouvait lire dans son esprit. Où s'arrêtera-t-elle? Quel pas refuserez-vous de franchir? Au début, ça vous semblait bénin tout ça. Mais la situation progresse, évolue, se détériore peu à peu et il arrive un moment où on doit choisir. C'est inévitable. Quand on patauge dans ces eaux-là, fatalement le choix ultime se présente: leur vie ou la mienne?

«Alors, docteur Thibault, comme vous le disait souvent mon père, il paraît: "Diagnostic: un pique-nique! Pronostic: ça se complique!" C'est votre décision. À vous de choisir.»

Le docteur Thibault crispe les poings. Il semble ébranlé, presque perdu. Le fait d'avoir évoqué cette parole de son père, à qui le vieux médecin vouait beaucoup d'amour et de respect, a été très habile de la part d'Étienne. Thibault s'assoit et porte la main à son front. Il est en nage.

Boursier, lui, regarde Étienne puis Thibault. Sa tête, comme celle des spectateurs d'un match de tennis, pivote de l'un à l'autre, deux ou trois fois. Il s'apprête à intervenir quand, derrière lui, des bruits de pas précipités se font entendre.

Qui cela peut-il bien être? La seule infirmière qui était de garde à cette aile-ci a pourtant été renvoyée chez elle. Les parents de la petite Dubreuil? Peu probable. Le gardien aurait à tout le moins averti de leur visite. Alors qui est-ce?

Jaillissant de la pénombre, la silhouette robuste de Gabriel Thibault, petit-fils du docteur Thibault, se découpe dans la lumière blafarde du couloir. Il s'immobilise, puis ses deux mains s'élèvent, ouvertes, à la hauteur de ses épaules.

— Grand-papa? Qu'est-ce qui se passe, donc? Comment ça se fait que Joëlle est debout?

31

Le temps s'est mystérieusement arrêté. Joëlle, Étienne, Gérard, Ronald Boursier et le Dr Thibault sont aussi immobiles que les personnages d'un panneau publicitaire d'autobus.

À pas lents, Gabriel s'approche d'eux. Il s'efforce de comprendre, de saisir exactement le sens de ce qu'il voit. Il aperçoit l'arme dans les mains de Boursier et la détresse dans le regard de son grand-père. Il se retourne vers Joëlle.

— Joëlle, tu vas bien?

C'est le déclencheur. Tout le monde se met à parler en même temps: une cacophonie d'ordres et de questions.

— Sauve-toi, Gabriel! lui crie Gérard.

— Gabriel! lui dit Thibault senior. Pour l'amour du ciel, qu'est-ce que tu es venu faire ici?

— Gabriel! lui crie Joëlle. Vite! On est en danger! Sors prévenir la police!

— Non, s'objecte Étienne. Pas la police! Non!

Gabriel tourne des yeux implorants vers son grand-père. Il veut comprendre le drame qui semble se jouer et dont il est devenu le témoin involontaire. Il recule de quelques pas et fait mine de se diriger vers l'escalier de service.

— Wo! le jeune! lance Boursier avec autorité. Tu bouges pas d'ici!

L'appariteur informaticien dirige maintenant son arme vers le petit-fils d'Aldège Thibault.

— Détournez votre arme de mon petit-fils, Boursier! lui ordonne le vieux médecin. S'il lui arrive quelque chose par votre faute, je vous préviens que vous n'aurez pas assez de tous les ordinateurs du monde pour calculer le nombre de tourments que je vous ferai subir! Votre arme, j'ai dit!

Contre son gré, Boursier tourne son revolver en direction du trio d'Étienne, Joëlle et Gérard.

— Quand je lui aurai expliqué ce que je fais ici, dit Thibault d'une voix grave et convaincue. Quand il connaîtra la nature de mon travail, l'Œuvre à laquelle j'ai consacré les quinze dernières années de ma vie. Quand je lui aurai parlé des bienfaits que l'humanité tout entière retirera bientôt de mes découvertes. Quand il saura combien l'existence humaine s'enrichira grâce à une espérance de vie triplée, il n'y aura nul besoin d'armes à feu pour qu'il se range à mes côtés, n'est-ce pas Gabriel?

— Gabriel, dit Étienne. Ton grand-père ne sait plus ce qu'il dit. Tu es notre seul espoir d'en sortir vivant et de pouvoir l'aider. Tu dois le convaincre de m'écouter.

— Qu'est-ce que tu veux dire? lui demande Gabriel.

— Ton grand-père est celui qui a créé la maladie dont souffrent Simon, Sébastien et les autres. Il leur a transmis un mal grâce à la complicité de Ronald Boursier et les a maintenus dans un état semi-comateux à l'aide de différentes substances chimiques. Leur condition imitant à la perfection les symptômes de la maladie dont ils étaient censés souffrir.

— De cette façon, poursuit Joëlle, ton grand-père s'enrichissait. On lui versait de généreuses subventions pour contrer l'épidémie. On lui fournissait une foule d'appareils sophistiqués et surtout, il disposait de cobayes humains sur lesquels il pouvait faire des prélèvements de tissus, afin d'établir une espèce de carte de gènes.

Boursier est désemparé. Pourquoi Thibault n'intervient-il pas? Pourquoi les laisse-t-il lui raconter tout ça? Quant à l'appariteur, il ne sait pas comment. Il n'ose pas mettre un frein à cette hémorragie. C'est un excellent soldat. Mais sans chef, il est incapable de la moindre initiative.

— C'est vrai tout ce qu'ils disent, grand-papa? demande Gabriel.

Thibault ne répond pas.

— Mais qu'est-ce que tu cherches? poursuit le petit-fils Thibault. Un remède au cancer? Une cure pour la sclérose en plaques? Quoi?

Aldège Thibault contemple son petit-fils de ses yeux bleu-gris délavés par le temps. Il arbore un faible sourire comme un enfant qui reconnaîtrait sa faute. Il baisse la tête.

— Le Temps, dit-il simplement. Je cherche à vaincre le Temps.

Joëlle sursaute. Elle a déjà entendu cette phrase. Mais quand?

— Je cherche le moyen de retarder les ravages, la dégénérescence causée par le temps. Je cherche à prolonger la vie, Gabriel. À la multiplier par deux, par trois, ou peut-être, pourquoi pas, par quatre, cinq, ou dix!

— Mais comment, grand-papa, comment? demande Gabriel en pointant les lits des sept malades.

Le docteur Thibault se méprend sur le sens de la question et se lance alors dans une longue explication qu'il est seul à comprendre.

— Les cellules ont un cycle, commence-t-il, un rythme de reproduction. C'est à l'adolescence que la fréquence est à son zénith. Les substances chimiques dégagées, les acides et l'énergie électrique libérés ont un lien direct avec le prolongement de la vie. Il suffit de découvrir l'encodage exact de quelques gènes types et d'arriver à prolonger la synthèse de l'ADN pour parvenir à un certain degré de prolongement de la durée de vie de ces cellules. D'autre part...

— Ce n'est pas de ça que je parle, grand-papa! le coupe Gabriel. Je me fous de la théorie! Je veux dire «comment», à quel prix? Mais regarde ce que tu as fait!

D'un large geste, Gabriel désigne les patients de la salle de quarantaine de l'aile D.

— Je vais libérer ces jeunes gens, proteste l'homme de science. Rassure-toi! Dès que j'aurai terminé certaines expériences et prélevé quelques nouveaux échantillons, je...

— Quand?

— Quelques mois... Six... Peut-être un peu plus...

Gabriel fait le tour des lits des sept patients. Il regarde leur visage, paisiblement captif d'un sommeil induit artificiellement par un homme qui a complètement perdu le sens de la réalité. Un homme dont les valeurs morales se sont fait la malle depuis pas mal de temps.

— Mais tu ne te rends pas compte, grand-papa. Six mois de vie, peut-être plus, volés à Simon,... Sébastien,... Jacques,... Olivier,... Isabelle,... Patricia... et Jean-Philippe. Ils ont des prénoms, tu t'en es rendu compte? Ils ont aussi un nom, une famille, des frères et des sœurs qui s'inquiètent pour eux. Ils avaient des projets aussi avant que tu t'empares d'eux pour en faire tes hamsters de laboratoire.

— Pas volés, s'impatiente Thibault, empruntés seulement. Et remis plus tard au centuple. Comprends donc, Gabriel! Ces jeunes gens seront les premiers à bénéficier d'une vie plus longue. Et toi aussi.

— Mais ils n'étaient pas volontaires, grand-papa! Tu as fait ça, SANS LEUR CONSENTEMENT!

— Et personne n'a ce droit, poursuit Étienne. On ne peut s'emparer du corps d'autrui pour en faire un instrument de

270

recherche, même si le but est le plus louable du monde.

— Grand-pap', dit Gabriel. C'est drôle comme je ne te reconnais plus. La vie humaine était toujours si précieuse pour toi. Tu pleurais sur les guerres, sur les assassinats et sur notre planète qui se meurt à petit feu. Où est rendu tout ça?

— Mais je n'ai pas changé, mon Gabriel. D'ailleurs, quand toute l'humanité pourra profiter du fruit de mes travaux, vous verrez qu'alors cesseront les modes d'administration à courte vue et à court terme. On pensera grand et loin. Vivant deux cents ou deux cent cinquante ans, l'Homme devra obligatoirement s'attaquer aux problèmes écologiques de la planète. La motivation sera bien plus grande. Le respect de la vie aussi.

— Mais l'être humain a toujours vécu en tentant de s'aveugler sur sa propre mortalité bien qu'il en ait toujours conscience, intervient Gérard. Et ça ne l'a pas empêché de chercher constamment des solutions aux crises auxquelles, en l'occurrence, il a été confronté.

— Et la couche d'ozone qui diminue? objecte Thibault. Et la pollution des lacs et des rivières? Et les sources d'énergie qu'on pille? Et les forêts qu'on détruit? Pourquoi? Parce qu'on vit, non pas avec l'idée que nous sommes immortels, mais au contraire avec l'idée que nous ne durerons pas, que nous sommes très mortels.

«Combien de fois entendons-nous dire "Dans vingt ans? Dans trente ans? Dans cinquante ans? Bof! Ce n'est pas grave, moi, je n'y serai plus!" Or, maintenant, on y sera. Je travaille pour l'âge d'or, Gabriel. Pas celui des hospices ou des centres d'accueil, mais le vrai!»

— Et si tu n'y parviens pas? l'interroge Gabriel. Si tu échoues?

— Je n'ai jamais été aussi près de réussir!

— Mais vous pouvez échouer! proteste Étienne. Ça peut ne pas fonctionner. Toutes vos théories peuvent se heurter à une autre réalité scientifique que vous avez omis ou négligé de considérer, non?

— J'avais une grand-tante qui souffrait de la maladie d'Alzheimer, poursuit Joëlle. À tous les mois, on annonçait la découverte d'un médicament, d'un traitement nouveau que ses enfants et son mari lui faisaient essayer. Elle est allée de déception en déception. On disait, là aussi, et on dit encore, qu'on était sur le seuil de la réussite, que la cure n'avait jamais été aussi à portée de main,... Ma grand-tante est morte il y a sept ans, docteur Thibault, et on cherche encore!

— Quand allez-vous considérer que cela suffit, docteur? demande Gérard. Ce ne sera toujours qu'une question de mois. Mais ce mois passera, puis le suivant, puis encore un autre. Et ce ne sera encore et toujours qu'une question de mois. Les premiers sont ici depuis plus de huit mois maintenant. Qu'attendez-vous pour libérer ces enfants, docteur Thibault?

Le vieux médecin ne dit plus rien. La tête penchée, il est appuyé sur le pied de lit. Du bout des doigts, il frotte le métal blanc et froid.

Boursier se rend vite compte que la situation est en train de basculer. Il tente de secouer le docteur Thibault.

— Voyons, doc! Ne vous laissez pas gagner par des pleurnicheries pareilles. Vous êtes un homme de science. C'est fait pour éclairer des chemins nouveaux, les hommes de science. Ça fait peut-être des victimes, c'est entendu, mais il n'existe rien qui se soit bâti sans peine. Si le jeune Malouin n'avait pas mis son nez où il n'avait pas d'affaire, tout continuerait comme avant.

— Mais mon petit-fils... dit Thibault.

— Votre petit-fils va finir par comprendre, hasarde Boursier. Il est de votre famille, de votre sang. Votre fils, l'avocat, a établi de nombreux précédents en matière légale. Il a réussi à faire des cas de jurisprudence à la douzaine. Il a fait acquitter des gens sur des détails techniques auxquels la loi n'avait jamais pensé. Je sais de quoi je parle, je suis l'un de ceux-là. C'est un chercheur, lui aussi, à sa façon. Un débusqueur, comme vous. Et comme votre petit-fils va le devenir avec le temps.

— Tu te souviens, grand-papa, quand j'étais petit? reprend Gabriel. Tu me racontais une histoire, puis je t'en demandais toujours une autre. À la fin, tu me disais: «Gabriel, mon petit, toute bonne chose a une fin!» et tu fermais le livre. Il est temps de fermer ton livre maintenant, grand-papa. C'est fini.

Le docteur Thibault marche lentement et s'arrête devant chaque lit. Il contemple les visages des patients comme s'il les voyait pour la première fois. «Ils sont vivants, se dit-il, mais prisonniers.» Peut-être sont-ils présents? Peut-être leur esprit capte-t-il tout ce qui se passe? Le jeune Loisel n'avait-il pas tenté d'ouvrir les yeux? Qui peut s'enorgueillir de tout savoir sur cet état second dans lequel les sept patients étaient plongés? Peut-être ont-ils même conscience du temps qui passe?»

Mais alors, quelle horreur!

Huit mois passés sans bouger, mais avec la pleine perception de chaque minute, de chaque heure, de chaque jour écoulés! Cette éventualité lui transperce le cœur tel un épieu.

— Edwige! murmure le médecin dans un souffle.

— Oui, grand-pap', insiste Gabriel qui a compris le sens de cette parole. Tu te rappelles grand-maman? Elle a passé un an dans le coma. Vous étiez tous sûrs qu'elle n'avait conscience de rien. Vous parliez devant elle, vous discutiez de son cas. Et vous vous disiez qu'au moins, elle ne souffrait pas.

Gabriel sait, en évoquant ce souvenir, toute la douleur qu'il remue chez son grand-père. Mais il n'a pas le choix. Il sent que la balance est en train de vaciller et il veut la faire pencher du bon côté.

— Edwige, répète Thibault. Ma chère, ma douce Edwige...

— Quelques jours avant sa mort, grand-maman a repris conscience, et alors elle t'a parlé de choses dont vous aviez discuté dans sa chambre. Des choses qu'elle ne pouvait pas savoir. À moins d'avoir tout entendu. Et elle avait tout entendu. Cette année s'était passée pour elle avec l'affreuse lenteur des grains coulant d'un sablier. Tu as tellement pleuré quand tu as compris ça, grand-papa. Tu as frappé les murs de ta maison, il paraît, en criant que grand-maman avait été condamnée à la prison la pire qui soit. Une femme si bonne. Une femme innocente. Simon, Jean-Philippe et tous les autres sont innocents, eux aussi.

Le docteur s'est assis sur un petit banc servant à faire monter les patients dans leur lit. Il a les yeux rougis par les larmes, les cheveux en bataille et il se frotte les mains l'une contre l'autre. Il a froid.

— Tant de souffrance, murmure-t-il. Je ne peux pas. Tout ce qui se perd.

— Exactement doc, exulte Ronald Boursier. Tout ce qui se perd à cause d'une minable vie courte de soixante-douze ans. Alors? On leur fait l'injection?

— Tout ce qui se perd, poursuit Thibault qui ne l'a pas entendu. Dans tous ces corps qui n'en sont qu'au stade du murmure. Ils auront à peine entrevu les premiers rayons du soleil, que l'aube aura cédé sa place au crépuscule. Je ne peux pas faire cela.

— Ça c'est parlé à mon goût, doc! jubile l'appariteur. C'est vrai, la vie passe trop vite. Alors? Préparez-vous la solution d'antivert?

— Avoir cherché si longtemps, soliloque le Dr Thibault, pour comprendre qu'au fond, l'éternité ne se trouve que dans les yeux de ceux que nous laissons derrière nous.

— Et que ce n'est peut-être que dans la finalité de la vie, poursuit Étienne qui, lui, a compris le sens réel des propos du médecin, que celle-ci atteint enfin à sa véritable signification. Notre passion, notre désir d'aller constamment voir ailleurs n'est-il pas alimenté par l'appel même de la vieillesse et de la mort qu'on sait inévitables?

— Mais alors, jeune Étienne, dit avec tristesse le docteur Thibault, qu'est-ce qui t'alimente, toi?

Étienne regarde le docteur Thibault dans les yeux. Puis il se tourne vers Joëlle. La jeune fille sent son regard la pénétrer profondément et atteindre chaque fibre de son être.

— Je me sens souvent tellement vide et tellement seul, confesse Étienne, que je me dis qu'il eût peut-être mieux valu pour moi que je ne naisse pas. Vous comprenez enfin l'enfer au centre duquel je me trouve, docteur.

— Je ne sais pas, jeune Étienne. Je t'envie encore.

— Ne m'enviez pas. J'erre et je suis condamné à errer. Pour combien de temps, je l'ignore. Ma condition ne cesse de se détériorer. Ironique, non? Pour moi, détérioration signifie que je vieillis de moins en moins. Quel mal étrange!

— Fous! s'écrie Boursier. Vous êtes tous fous! Et puis en voilà assez! Vous avez beau vous gargariser de discours qui sonnent creux, moi je sais ce qu'il me reste à faire.

Il pointe son revolver vers le docteur Thibault.

— Qu'est-ce qu'on s'imagine qu'on est en train de faire, Boursier? lui demande le docteur Thibault en marchant vers lui.

Ronald Boursier recule d'un pas et, la voix chevrotante, il hurle un ordre à son ancien patron.

— Vous allez faire une injection à tout ce beau monde, Thibault. Ensuite, vous allez reprendre le cours de vos travaux comme si les événements de ce soir n'avaient pas eu lieu. En somme, ce n'est qu'un accident de parcours. Rien n'a changé dans nos plans.

— Allons, Boursier! On range son arme. Vous ne voyez donc pas qu'au contraire, tout est fini? Que le rêve vient de se terminer? Triste fin, hélas! Mais c'est ainsi. Je suis un vieil homme et j'ai échoué, voilà tout.

— Oh non! s'écrie Boursier. Vous m'aviez promis en venant me chercher dans ma cellule que, grâce à vous, je récupérerais ces deux ans et demi perdus en prison! Eh bien, je les veux, vous m'entendez? Je veux ravoir ce temps! Je vous ordonne de tenir votre promesse et de me donner du temps!

— Pour ce que vous en ferez, Boursier! s'indigne Thibault, la voix pleine de mépris.

À part votre talent pour la science informatique, vous ne valez rien. Au moment de votre programmation, le Créateur a complètement oublié d'inclure toute parcelle de sens moral ou de compassion. En lieu et place, il n'a laissé qu'un immense *bug*! Vous êtes le résultat d'un travail négligent, Boursier. Un insecte. Maudit soit le jour où je suis allé vous chercher!

Imperceptiblement, le groupe a fait un cercle autour de Ronald Boursier.

— Restez où vous êtes, tous! s'écrie l'appariteur au bord de la panique.

Il pointe son arme tour à tour sur Étienne, Gabriel, Joëlle, Gérard et le docteur Thibault. Il pousse un petit cri à chaque nouvelle cible visée. Mais le cercle se referme, inexorablement.

— Je vous préviens, je n'hésiterai pas à m'en servir, vous savez! N'approchez pas!

Tout à coup, le docteur Thibault se précipite sur son ancien complice. Dans l'empoignade, le revolver disparaît entre les deux corps. Gérard, le grand infirmier, en profite pour asséner un coup du tranchant de la main à la base de la nuque de Ronald Boursier. Simultanément, on entend le bruit d'une détonation. Tous ont un mouvement de recul.

— Grand-papa! s'écrie Gabriel.

Mis hors de combat, Ronald Boursier entraîne dans sa chute le docteur Thibault. Étienne et Gabriel se précipitent et soulèvent le corps de l'appariteur afin de libérer le médecin.

Celui-ci a l'air quelque peu secoué, mais indemne. La balle ne l'a pas touché.

On la retrouvera plus tard, logée dans le plancher, à deux mètres du poste des infirmières. Un des nombreux mystères que la vie se plaît à garder en réserve pour ses moments creux.

— On fait quoi maintenant? demande Joëlle.

— C'est simple, vous me laissez tout entre les mains, dit Aldège Thibault.

— Que voulez-vous dire, docteur? interroge Étienne.

— Que dès après-demain, vos sept compagnons seront revenus à la vie par une cure miracle dont le docteur Thibault emportera le secret... avec lui.

— Grand-papa, tu n'as pas l'intention de...?

— Mais non, mon Gabriel. Rassure-toi. Ton grand-père n'a pas l'intention de mettre fin à ses jours. J'ai commis une faute grave, j'en suis conscient et je devrai en rendre compte au pire des juges qui soient: moi.

Le docteur Thibault promène son regard sur chacun des objets de la salle de mise en quarantaine de l'aile D. Il a l'air fatigué.

— J'y ai vraiment cru, dit-il presque pour lui-même. J'ai vraiment cru que j'y parviendrais. Ta maladie, jeune Étienne, m'a ouvert la porte. Elle m'a fait entrevoir la possibilité de jouer dans la génétique humaine et de prolonger la vie. Mais c'est une tâche de Titans. Vous m'avez ramené à la réalité. Je n'avais d'yeux que pour les progrès que je faisais. J'aurais dû comprendre qu'ils n'étaient rien comparés à l'immensité du travail. Je me laissais stupidement encourager par des petites réussites. Des petits succès qui m'empêchaient de voir que le temps filait. L'épisode de ce soir a été mon chemin de Damas.

Joëlle se rappelle avoir lu cette expression dans son livre d'histoire des religions. Décidément, ce cours lui a été beaucoup plus utile qu'elle ne l'aurait cru. Du moins, en ce qui concerne l'enrichissement de son vocabulaire.

— Et maintenant, conclut le docteur Thibault, je dois m'arrêter avant que plus de mal ne soit fait. Huit mois de vie volés, c'est bien assez. C'est même trop. J'espère qu'ils trouveront tous un moyen de me pardonner.

Gabriel Thibault regarde Étienne, Gérard et Joëlle. Dans les yeux des deux premiers,

le jeune homme ne lit rien d'autre que compassion et désir de conciliation. Quelle existence infernale doit-on mener quand on a pu
contempler l'éternité! Les deux hommes ont
déjà pardonné au docteur Thibault. Il n'y a
que Joëlle qui semble réticente. Mais elle se
tait.

— Personne ne dira quoi que ce soit,
grand-pap', lui promet Gabriel. N'est-ce
pas?

De nouveau, il consulte les trois autres
personnes du regard. De nouveau, il ne
rencontre qu'un accord tacite. Sauf chez
Joëlle. Mais elle semble avoir décidé de se
plier à la volonté de la majorité. Le petit-fils
Thibault pose une main sur l'épaule de son
grand-père.

— En souvenir de toutes les bonnes
choses que tu as tout de même données à
cette ville. Tu te souviens de ce petit garçon
qui était tombé au fond d'une piscine où il
ne restait que deux pieds d'eau? Tu te
souviens combien ses parents étaient
heureux quand...?

Gabriel étouffe un sanglot. Son grand-
père le prend dans ses bras. Mais l'étreinte
ne dure pas longtemps. Gabriel s'en dégage
rapidement comme s'il avait craint que cette
embrassade ne retire le peu d'énergie qui
restait au vieillard.

— Qu'est-ce que tu vas faire? lui demande-t-il, mal à l'aise.

— J'ai une vague idée, répond le médecin. Mais je préfère ne pas t'en parler. Tu ne serais pas d'accord.

— Et Boursier? demande Gérard.

— Boursier? J'en fais mon affaire. Il doit réparer, lui aussi. Mais je ne veux pas qu'on l'envoie en prison à cause de moi. Je vais l'obliger à me suivre.

— Et s'il refuse? s'inquiète l'infirmier.

La bouche de Thibault esquisse un sourire las.

— J'ai en main plusieurs arguments convaincants. Ne craignez rien, il va m'accompagner. Il deviendra mon âme damnée. Et un rappel de cette abominable erreur...

Le docteur Thibault désigne les sept lits et ceux qui y reposent. Il raccompagne ensuite le groupe jusqu'à l'ascenseur.

— Partez maintenant. J'ai beaucoup de travail à faire.

— Je vais te revoir, grand-papa? demande Gabriel.

— J'en doute, répond Thibault.

32

Gérard s'est fait raccompagner par Gabriel. Joëlle, par Étienne. Gabriel aurait bien souhaité un autre arrrangement, mais il a vite compris qu'il aurait été vain d'insister.

Sur le chemin conduisant à la résidence des Dubreuil, Étienne et Joëlle pensent avoir croisé la voiture des parents de la jeune fille. À la clinique, on leur expliquera que c'était une fausse alerte et que Joëlle ne souffrait pas du syndrome de Morel comme on l'avait d'abord cru.

— Alors Thibault et sa crapule vont s'en tirer comme ça? explose tout à coup Joëlle qui n'avait pas dit un mot depuis leur départ des Hespérides.

— Il y a d'autres solutions que la prison pour un homme comme Thibault, répond Étienne.

— Et comment peut-on être sûr qu'il ne va pas recommencer ses galipettes ailleurs? demande la jeune fille.

— On ne peut pas en être sûr. Mais on doit lui faire confiance.

— Lui faire confiance? Après tout ce qu'il a fait? Tu dérailles complètement, Malouin!

— Tu ne le connais pas aussi bien que moi. Il a traversé d'énormes épreuves. Il a failli perdre la boule à quelques reprises au cours de sa vie, mais il a toujours su se réveiller à temps. C'est un homme possédant d'immenses connaissances scientifiques et médicales. On n'envoie pas un tel homme pourrir en prison. Ce n'est pas nécessaire, d'ailleurs. C'est le genre d'individu tout à fait capable de se punir lui-même.

— Vraiment?

— As-tu entendu ce qu'il a répondu à son petit-fils quand celui-ci lui a demandé s'il allait le revoir? Cet homme s'apprête à se séparer définitivement de ce qu'il aime le plus au monde dans quelques jours. Il t'en faudrait plus?

— Mais il a tué Philippe!

— En es-tu persuadée? D'après le récit qu'il a fait de l'arrivée de Philippe à la clinique et aussi pénible que ça puisse te sembler, Joëlle, il est fort possible que ton *chum* se soit effectivement enlevé la vie. Rien à voir avec le syndrome de... Morel.

— Je ne le crois pas! Je refuse de le croire!

La jeune fille tourne vers Étienne un visage livide et plein de rancœur. Des cernes noirs se sont dessinés autour de ses yeux. Ses cheveux blonds sont mêlés. Ses lèvres, habituellement très rouges, sont exsangues. Mais elle reste néanmoins absolument ravissante.

— Comme je refuse de croire en ta prétendue éternité, Malouin!

— Je n'ai jamais affirmé être éternel, DUBREUIL! J'ai dit que je vieillissais très lentement. C'est une des choses les plus difficiles à admettre, j'en conviens. Mais tu dois me croire. J'ai quarante-sept ans et j'en aurai bientôt quarante-huit.

Joëlle s'est renfrognée. Il doit y avoir un truc.

— Tu te souviens des baptistaires que tu dis avoir trouvés chez moi? continue Étienne. Mon père avait mis un vieux curé de ses amis dans le secret. Il lui a demandé de m'en signer une quarantaine et d'y apposer le sceau de la paroisse. De cette façon, je pourrais adapter la date de ma naissance à mon apparence et à l'année présente. J'en ai utilisé plusieurs, dont le dernier pour me faire admettre comme étudiant de niveau 5e secondaire, à la polyvalente de Cap-aux-Heurs. Quand j'opérais sous les traits de mon père, c'était inutile parce que j'avais l'air de l'âge que j'ai.

Tout ça se tenait. Joëlle devait bien le reconnaître. Néanmoins, il lui restait encore tellement de questions sans réponses. Ils ont roulé un bon moment sans rien dire.

— Et pour l'argent, comment fais-tu? lui demande Joëlle.

— Mon père m'a laissé pas mal d'argent à sa mort. Et de temps à autre, je m'arrête quelque part pour offrir mes services à une clinique populaire ou à un CLSC. Mais je ne reste jamais très longtemps. Dans ma condition, la vie de nomade est préférable.

La voiture vient de s'immobiliser devant la grande maison des Dubreuil. Tout est éteint à l'intérieur. C'est donc bel et bien la voiture de ses parents que Joëlle et Étienne ont croisée tout à l'heure.

La jeune fille s'assoit face à Étienne, le dos contre la portière de l'automobile.

— Pourquoi? lui demande-t-elle.

— Quoi «pourquoi»?

— Pourquoi est-ce préférable de vivre en nomade?

— Parce qu'inévitablement, des liens risquent de se créer quand on s'immobilise. Or, dans mon cas, je sais que créer des liens c'est du coup signer ma perte. On s'intéresse, on m'interroge, on veut savoir. Et alors, je disparais.

— Et ici? Maintenant? As-tu créé des liens? lui demande Joëlle, les yeux remplis d'espoir.

— Tu sais bien que oui, lui répond Étienne. Depuis la toute première fois où je t'ai vue. Je cherchais à t'éviter, mais tout me poussait vers toi.

Cette fois, dans sa naïveté, Joëlle croit l'avoir pris en défaut. Elle croit le tenir.

— Comment peux-tu, à quarante-sept ans, tomber amoureux d'une fille qui vient d'en avoir dix-sept?

Un rire tonitruant s'élève d'Étienne et prend Joëlle par surprise. Un rire où ne perce ni le mépris, ni l'ironie. Un rire franc, rempli de bonne humeur et témoignant d'une grande tendresse.

L'homme aux traits d'adolescent considère sa jeune compagne avec douceur. Elle ignore tout du chagrin qui l'habite. Et lui est incapable de plaider une cause qu'il sait perdue d'avance. Il opte donc pour une de ses réponses parfaitement sybillines.

— C'est là un des grands mystères et des grands drames de l'amour.

— Malouin, l'avertit son amie, ne recommence pas à me prendre de haut!

— Certaines personnes n'ont pas d'âge, sinon physique ou chronologique. J'ai connu des garçons et des filles de douze ou treize ans qui avaient plus de maturité que des adultes ayant deux ou trois fois leur âge.

Étienne saisit les mains de Joëlle et les approche de sa bouche. Il les effleure des lèvres avec plus de délicatesse qu'un flocon de neige se posant sur un cil.

— Joëlle, lui dit-il. Tu m'as dit, l'autre jour, que j'étais le premier de qui tu étais prête à te laisser aimer depuis Philippe. À mon tour, j'ai envie de te dire que ce serait un plaisir infini de me laisser aller à t'aimer et être aimé de toi. Mais je n'ai pas le droit.

— Qu'est-ce qui t'en empêche?

Étienne, bouleversé par la tristesse qu'il ressent autant que par celle qu'il cause, se penche vers Joëlle et la serre très fort dans ses bras. Et de derrière elle, la jeune fille entend le garçon qu'elle aime lui dire:

— Le temps.

Et c'est alors qu'elle se souvient des paroles de Gabriel. «Mon grand-père lutte contre le temps.»

Étienne aussi.

— Je voudrais tant croire que tu dis vrai, Étienne. Mais ma tête n'arrive pas à l'admettre.

Puis elle se dégage de son étreinte et ajoute:

— Par contre, si tu dis vrai, si tu es vraiment atteint de ce mal étrange qui t'empêche de vieillir, alors ce sera mon cœur qui ne pourra l'accepter.

Étienne réfléchit un instant. Il caresse presque distraitement les cheveux de Joëlle.

— Je crois avoir un moyen de te convaincre. Va écrire un mot à tes parents. Dis-leur que tu vas bien et que tu seras de retour à la maison demain après-midi.

— Pourquoi «de retour»? Où est-ce qu'on va?

— Fais ce que je te dis, Joëlle. Tu veux avoir une preuve, je vais t'en donner deux!

33

C'est un immense édifice. Au moins cinq fois la dimension de la polyclinique «Les Hespérides». De grandes fenêtres sont percées asymétriquement dans les murs afin que les pensionnaires puissent profiter des rayons du soleil selon les moments de la journée. Des plantes toutes en fleurs, géraniums et bégonias, dahlias et hibiscus, inondent le hall d'entrée de leurs couleurs chatoyantes.

— Bonjour, docteur Malouin, lui dit joyeusement la réceptionniste. Il y a longtemps qu'on ne vous a pas vu ici.

— Que voulez-vous, madame Bonneau, répond Étienne qui a repris l'aspect de son père, Édouard. Je vais là où on a besoin de moi. Dites-moi, est-ce que Sandrine est toujours «avec nous»?

— Vous voulez dire Sandrine Vaugeois? Oui. Et elle est toujours au 315.

— Merci, madame Bonneau! Viens Joëlle.

— Je vous préviens, docteur Malouin, lui lance la réceptionniste au moment où lui et Joëlle entrent dans l'ascenseur, on m'a dit que sa maladie avait beaucoup progressé.

Au troisième étage, ils marchent le long d'un couloir très large. C'est un très bel hôpital. Aménagé comme un hôtel. On ne s'y sent pas à l'étroit et on est parvenu à éliminer l'odeur d'éther et de désinfectant qui règne habituellement dans ce genre d'établissement. Arrivés au 315, Étienne frappe à la porte et une petite voix lui répond.

— Entrez!

Devant ce qui se trouve assis sur le lit, Joëlle parvient à peine à réprimer un petit sursaut d'horreur. La femme a la peau du visage aussi ratatinée qu'une vieille pomme. Quelques cheveux poussent épars sur une tête ronde au cuir rosé. Les yeux sont profondément enfoncés dans leur orbite et la bouche édentée grimace un sourire joyeux à la vue du visiteur.

— Docteur Malouin! s'écrie Sandrine Vaugeois. Ça fait longtemps que t'étais pas venu!

— Mais oui, Sandrine. J'ai été occupé. Très occupé. Ça va bien? Tu as encore une bonne vue, on dirait. Pour me reconnaître tout de suite, comme ça.

Étienne se met à ausculter brièvement la patiente. Les mains sont décharnées et la poitrine a complètement disparu. Le cou de Sandrine n'est pas plus gros qu'une courgette et creuse au niveau de la trachée, rendant sa respiration pénible.

— À mon âge, dit Sandrine. Peux pas me plaindre.

— Môsusse de Sandrine, lui envoie Étienne à la blague. Toujours aussi haïssable, pas vrai?

— Les gardes y disent ça aussi. Y disent «Ah! la petite Sandrine, toujours haïssable, la petite Sandrine!» y disent, les gardes, de moi.

— Sois gentille avec elles, O.K. Sandrine?

Sandrine lève un regard malicieux sur Étienne. Puis elle fronce les sourcils et demande en regardant Joëlle:

— C'est tu ta blonde ça, docteur Malouin? 'Est ben trop jeune pis c'est moi qu'est ta blonde, pas elle, tu me l'as dit l'aut'jour!

— Non, Sandrine. Je te présente une amie, Joëlle Dubreuil. Elle est venue te rendre visite avec moi.

— Allô, Joëlle Dubreuil. T'es ben belle!

— Bonjour madame Vaugeois, lui sourit Joëlle, mal à l'aise. Étienne la regarde avec un air contrarié.

— Elle préfère qu'on l'appelle Sandrine, lui murmure-t-il.

Il s'assoit au pied du lit de la malade et lui tapote la jambe. Joëlle a presque envie de l'avertir de ne pas y aller trop fort, de peur qu'il ne la brise.

— As-tu besoin de quelque chose, Sandrine? lui demande Étienne. Tout est correct?

— Tu t'en vas déjà, hein? Tu dis toujours ça quand tu t'en vas. Non, j'ai juste besoin du soleil, de ma télévision, pis de mes jeux que je joue avec le père Noël, le jeudi.

— Le père Noël? s'étonne Joëlle.

— Ben voui! s'esclaffe Sandrine. C'est drôle, hein? Je joue avec le père Noël, tous les après-midis du jeudi.

Étienne fait signe à Joëlle de se pencher et lui explique:

— Tout le monde ici l'appelle comme ça. C'est l'aumônier, le prêtre de l'hôpital. Il se nomme Noël Caumartin. C'est le grand ami de Sandrine.

— C'est le père Noël! s'exclame Sandrine, l'air de tout expliquer.

— Bon! dit Étienne en se levant du lit. On va te laisser reposer, Sandrine.

— Bye, docteur Malouin! Bye, Joëlle!

— Salut... Sandrine! dit Joëlle en hésitant.

Elle voit Étienne s'approcher de Sandrine et déposer un baiser sur le front de la vieille femme.

— Pauvre vieille, dit-elle, une fois qu'ils sont arrivés dans le couloir. Quel âge a-t-elle au juste?

— Si je te le dis, tu ne me croiras pas, répond Étienne.

— Laisse-moi deviner: elle a 357 ans parce qu'elle souffre de la même maladie que toi. C'est ça?

Au poste de garde, le docteur Malouin demande le dossier de Sandrine Vaugeois.

— Regarde! dit-il en lui tendant le dossier.

— Pas possible! s'écrie Joëlle. Sept ans? Sandrine a sept ans? Mais elle en paraît dix fois plus!

— Sandrine souffre de progérie. D'autres optent plutôt pour le syndrome de Werner. Dans un cas comme dans l'autre, elle n'en a plus pour très longtemps. Sandrine aura vécu toute sa courte vie comme une vieille femme. Et pourtant, elle pense en avoir amplement profité. Curieux, non?

— Et toi?

— Je souffre exactement du syndrome inverse. Le syndrome de Malouin. Je l'ai baptisé ainsi parce que je pense être le seul être humain à être atteint de cette maladie. Tu commences à me croire à présent?

— Ben, c'est à dire que...

— Viens! l'interrompt Étienne.

— Où on va?

— Voir ma seconde preuve!

34

Ils ont roulé pendant deux heures. Deux heures au cours desquelles Étienne a raconté son enfance. Il n'est jamais allé à l'école publique. Son père avait produit des certificats médicaux attestant qu'Étienne était de santé trop fragile pour fréquenter les autres enfants de son âge. On lui a assigné un tuteur et le petit Malouin a pu passer son cours primaire sans difficultés.

Son cours secondaire fut suivi de la même manière. Sauf qu'il n'avait plus qu'un seul enseignant. Étienne était doué. Il assimilait facilement et rapidement le contenu de plusieurs cours en une seule journée. Bientôt, la physique, la chimie, la biologie, la littérature, la trigonométrie, l'algèbre et la géométrie n'ont plus eu de secrets pour lui. Il a même appris le latin et le grec ancien parce que son père avait déjà prévu que, dans son propre intérêt, son fils ne pourrait être que médecin. Pour comprendre la terminologie médicale, mieux valait pouvoir maîtriser ces deux langues mortes.

Bien sûr, les rumeurs couraient au village à l'effet que le petit Malouin ne grandissait pas. On a parlé de nanisme. Ayant pris d'excellents cours de maquillage, sa mère parvenait à donner à son visage des signes d'apparent vieillissement. Mais elle ne pouvait le faire grandir. On s'est mis à se demander ce que tout ça pouvait cacher. Quelques langues de vipère ont essayé de salir la réputation de la famille en disant que les Malouin cachaient chez eux quelque monstre difforme ou quelque malade qui aurait exigé des soins adéquats.

Heureusement, la réputation inattaquable du docteur Malouin a suffi pour que les commérages au sujet de mauvais traitements meurent dans l'œuf.

Puis un jour, ils ont dû abandonner en vitesse la demeure familiale. Le docteur Thibault, jeune confrère d'Édouard Malouin, avait été mis dans le secret et devenait de plus en plus obsédé par l'anomalie dont Étienne était affligé. Il voulait toujours tenter quelque chose. Il harcelait le père et la mère par ses questions sur le régime alimentaire auquel elle s'était soumise durant sa grossesse. Il voulait constamment procéder à des analyses sanguines, d'abord sur les parents, ensuite sur l'enfant.

Un jour, il s'est retrouvé tout seul à la clinique. Le Dr Malouin et sa famille avaient quitté le village.

— Mais on n'a jamais vendu, dit Étienne. La maison appartenait à mon grand-père et mon père pensait qu'on pourrait revenir y vivre un jour, quand j'aurais à peu près atteint une apparence adulte. Le pauvre! On y a remis les pieds qu'une ou deux fois par année. De nuit. Mais on n'est jamais revenu pour y vivre en famille. D'ailleurs, ma mère à moi aussi est morte assez jeune.

— C'est elle qui t'a montré comment te maquiller?

— Oui. Il y a certains trucs que j'ai développés plus tard. Le latex séché autour des yeux entre autres, pour faire des rides. Et l'alternance de couleurs pâles et foncées sous les yeux pour rendre... l'usure du temps!

Étienne regarde celle qui se trouve à ses côtés. Il est bien, si bien en compagnie de Joëlle. Il s'efforce de goûter chaque moment, chaque sourire, chaque échange. Son esprit n'a pas encore osé franchir la distance qu'il maintient entre ce qu'il voudrait que ce soit et ce qu'obligatoirement ce devra être. Il n'envisage pas encore le jour où il devra lui dire adieu. Cette seule idée lui gèle l'âme.

Ce ne sont pas toutes les amours qui sont périssables.

Une route perpendiculaire coupe tout à coup le boulevard sur lequel ils roulent depuis quinze minutes. En s'y engageant, Étienne ressent quelque chose qui ressemble à de la nostalgie. Il s'en va éveiller de vieux fantômes.

La voiture s'insinue le long d'un petit chemin avant de s'immobiliser devant une maison qui était invisible cinq secondes plus tôt. Une haute grille en fer forgé ceinture l'imposante demeure et un impressionnant cadenas maintient le portail solidement clos en assujettissant une chaîne autour du montant de la porte et de son cadrage. Le tout est inexplicablement propre et ordonné. Entretenu.

— Un homme du village, explique Étienne, fils d'un cousin de mon père, reçoit régulièrement d'une étude de notaires une somme d'argent afin d'entretenir la demeure. Viens, entrons.

Sans mal, la clé joue dans la serrure et le cadenas s'ouvre, libérant la chaîne. Le jardin est recouvert de neige mais l'entrée est praticable ainsi que les marches et le balcon.

À l'intérieur, les meubles sont tous recouverts de housses de flanelle blanche. On dirait une maison hantée dans les films d'horreur dont Joëlle est si friande. Elle pense à *La hache muette*, son livre de la série *Chair de poule*. La maison de l'assassin ressemblerait à peu près à ceci, se dit-elle en souriant.

— Viens, dit Étienne. Je vais te montrer quelque chose.

Joëlle le suit. En entrant dans un petit salon, elle est frappée par une gravure accrochée au mur qui fait face à la bibliothèque. C'est un dessin au fusain. Il représente un homme d'une autre époque.

Elle a déjà vu ce dessin.

— C'est Goethe, lui dit Étienne. Un poète allemand.

— J'ai déjà vu ce dessin, lui répond Joëlle. Chez toi, à Cap-aux-Heurs.

— Goethe a écrit un poème dramatique dont le titre est *Faust*. Tu connais cette histoire?

— Non, avoue timidement Joëlle. Je devrais?

— C'est une bonne histoire, répond Étienne sans répondre. Faust est vieux et malade et il est amoureux d'une jeune fille très belle du nom de Marguerite. Il passe alors un pacte avec Méphistophélès, le diable lui même: il lui vend son âme que l'autre pourra emmener aux enfers le jour de sa mort. En retour, le diable devra lui redonner jeunesse et beauté. Mon père disait en riant que j'étais peut-être Faust.

Étienne passe ses mains autour de la taille de Joëlle et l'attire doucement vers lui. Son ventre est collé contre le dos de la jeune fille. Il se penche sur sa nuque et respire l'odeur de sa peau. Il ferme les yeux et elle, les garde ouverts. Une maison d'une autre époque, un garçon d'un autre âge, un amour qui se heurte au temps.

— Bien que pour moi, ajoute tristement Étienne, l'enfer, c'est maintenant que j'y suis.

Elle se retourne et l'embrasse avec passion. Ils se laissent tomber sur l'un des canapés drapés de blanc. Le visage d'Étienne est baigné de larmes. Celles de Joëlle. Les siennes. Ses mains courent dans l'épaisse chevelure blonde puis elles descendent le long de son corps aux courbes si harmonieuses. Leur étreinte a la puissance du désespoir.

— Je n'ai pas besoin de voir ta seconde preuve, soupire Joëlle. Dis-moi au contraire que rien de tout ça n'est vrai. Étienne, mon doux amour...

Elle l'embrasse dans le cou, sur la bouche, sur l'arête du nez, sur le front. Puis elle pose la tête sur sa poitrine et ferme les yeux. Comme un condamné attendant, la tête sur le billot, le coup de hache du bourreau, Joëlle appréhende la parole fatidique qu'inévitablement Étienne prononcera.

— Il le faut pourtant, dit-il enfin.

Assise devant un album de photographies que l'homme au visage d'adolescent a sorti d'une armoire verrouillée aux portes en pointe de diamant, Joëlle reconnaît Étienne. Étienne à une autre époque, habillé de vêtements démodés et accompagné de ses parents encore jeunes. Puis, dans une succession de photographies en noir et blanc, Joëlle voit le temps laisser quelques signatures pour marquer son passage. Un peu plus chaque fois, de photos en photos, les visages d'Édouard et Johanne Malouin portent les stigmates de la vieillesse. Puis la mère disparaît. Et le père poursuit sa lente descente vers les affres du troisième âge.

Alors qu'Étienne, lui, ne change pas.

— J'en ai assez vu, dit Joëlle. On s'en va.

L'album retourne dans l'armoire aux souvenirs endormis. Un coup de clef dans la serrure du vieux meuble massif, un autre dans celle de la porte d'entrée et un troisième dans le cadenas de la grille. Voilà! La mémoire est à nouveau verrouillée.

Sur le chemin du retour, Joëlle tient la main d'Étienne serrée dans la sienne. Pas une parole ne sera prononcée.

Tout l'amour du monde se réfugie dans ce silence.

35

Dans *La Sentinelle des Heurs*, journal local aux articles parfois oiseux et à l'orthographe souvent approximative, on a rapporté le départ du docteur Thibault comme un geste de grande humilité.

*Après avoir trouvé le moyen de guérir les sept jeunes comateux reposant aux Hespérides, le vieux médecin, en butte aux honneurs, aurait discrètement quitté Cap-aux-Heurs, ville à laquelle il aura tant donné. On rapporte qu'il aurait rejoint les rangs d'un mouvement humanitaire du nom de **Les Docteurs de la Terre** qui s'est donné pour mission de soigner les malades des pays en voie de développement. Il aurait été accompagné dans sa* *nouvelle vocation par un appariteur en chimie assistée par informatique de la polyvalente qu'il avait fait engager, quelques années auparavant.*

Ronald Boursier aurait déclaré aux autorités de l'école dans une lettre de démission, aussi surprenante que subite, que la vie ne vous laissait parfois que très peu de choix quant à votre destinée. Qu'on devait suivre la voix de sa conscience et qu'il fallait souvent se plier à une volonté plus forte que la nôtre.

Pendant ce temps, nos jeunes gens sont retournés dans leur foyer afin de récupérer pleinement. Une aventure qui aura donné chaud à plusieurs familles ainsi qu'à de nombreux amis et qui, heureusement, se termine bien pour tous. Enfin presque tous. Rappelons que le syndrome de Morel n'aura finalement réclamé qu'une seule vie, celle de Philippe Morel, qui laissera son nom à la mystérieuse maladie qui a eu raison de lui.

Le poste de directeur de la polyclinique «Les Hespérides» se trouve donc vacant. Mais on pressent déjà que la candidature d'un éminent médecin roumain ayant fait ses études aux États-Unis sera sollicitée par les autorités de

Cap-aux-Heurs. Sans doute pourra-t-il combler le poste. Mais le souvenir du docteur Aldège Thibault lui, ne pourra jamais être remplacé dans le cœur d'une population à jamais reconnaissante. Adieu et merci, docteur Thibault!

Joëlle referme la feuille de choux en poussant un profond soupir. Simon la regarde avec étonnement.

— Pourquoi soupires-tu, Joëlle? lui demande-t-il. Tu n'es pas d'accord avec l'article?

— Oui, oui. Ce n'est pas ça.

Elle a promis à Étienne de conserver intacte la réputation du docteur Thibault. Gérard, Valérie et Geneviève ont accepté de prêter le même serment. Quant à Gabriel, il était inutile de le lui demander. Thibault avait commis une faute grave, mais il s'était finalement ressaisi. S'opposant ensuite au péril de sa vie à la volonté de Ronald Boursier, il l'avait emmené avec lui au bout du monde dans sa quête de rachat et de rédemption.

Il méritait qu'on n'entache pas le souvenir qu'il laisserait derrière lui.

Joëlle et les autres avaient compris ça et l'avaient accepté. Seulement voilà. À cause de cette promesse, jamais elle ne saurait si, oui ou non, Philippe s'était ôté la vie. Elle ne pourrait interroger qui que ce soit sans risquer de compromettre le docteur Thibault.

— Pauvre Philippe, dit Joëlle. L'article dit: «La seule vie réclamée par cette maladie est celle de Philippe Morel...» Comme si c'était une petite victoire en soi.

Simon regarde ailleurs.

— Ça aurait pu être pire, suggère-t-il. On aurait tous pu y rester.

— Évidemment que ça aurait pu être pire! éclate Joëlle. Je le sais! Et j'ai eu si peur pour toi, Simon. Mais rien au monde ne pourra me faire accroire qu'on a gagné puisque la maladie a tué Philippe. Même si on a gagné sept à un, ce un-là, j'arriverai jamais à l'avaler.

Simon est assis dans son lit, genoux repliés sous ses couvertures. Humble montagne de tissus derrière laquelle il tente de se retrancher. Il brûle d'envie de le dire. Ce secret si longtemps gardé. Il ne sait plus maintenant s'il a eu raison. Il voulait la préserver. Sa mort lui causait déjà assez de chagrin.

Mais maintenant, dans sa chambre où tout baigne dans la lumière d'un soleil resplendissant, Simon ne sait plus.

— Je ressens la mort de Philippe comme une injustice, poursuit Joëlle. Comme une phrase sans point à la fin. Sa vie n'était pas toujours simple et sa mort s'est jouée de la même façon. Comme un film mal synchronisé, il est mort à côté de la *track*. Il est parti à cause d'une erreur technique.

— Il est parti, laisse tomber Simon, parce qu'il l'a décidé.

Joëlle s'immobilise. La chambre de Simon s'est soudainement assombrie. Un nuage.

Elle jette sur le jeune convalescent un regard ébahi, prélude à quelque chose qui risque de ressembler à une grande tempête. Simon décide néanmoins de poursuivre. Il faut absolument qu'elle connaisse la vérité.

— Philippe n'est pas mort de la maladie de Morel, Joëlle. Je ne voulais pas te le dire, mais finalement je pense qu'il vaut mieux que tu le saches.

Joëlle marche à grands pas dans la vaste chambre. Elle s'arrête parfois, ferme les yeux ou les lève au plafond. Elle crispe les poings dans cette attitude qui lui est familière. Puis, comme un lancier, elle se remet à arpenter la pièce. Simon poursuit son récit péniblement.

— Quand je suis arrivé chez lui, ce soir-là, ses parents m'ont ouvert. Ils m'ont dit que Philippe était dans sa chambre au sous-sol. Arrivé là, il n'y avait que la lumière sur sa table de chevet qui était allumée. Philippe était allongé sur le lit. J'ai cru qu'il dormait. Je n'ai pas remarqué tout de suite le... le flacon vide. Je me suis assis sur le lit et je me préparais à le chatouiller pour le réveiller quand j'ai vu une lettre qui nous était adressée.

«Tu vas peut-être avoir du mal à le croire, mais je n'ai pas fait le lien tout de suite. Ce n'est qu'en l'ouvrant et en lisant les premières lignes que là, j'ai compris ce qui venait de se passer. En me levant, j'ai mis le pied sur le flacon de plastique qui s'est brisé en petits morceaux. C'est à ce moment-là que j'ai appelé, appelé de toutes mes forces. Les parents de Philippe sont arrivés dans sa chambre et ont tout de suite cru savoir de quoi il s'agissait. Sa mère criait: «Pas lui aussi, pas mon Philippe!» Son père a appelé Les Hespérides. Mais il était déjà trop tard.

«Quand j'ai appris que le docteur Thibault mettait lui aussi la mort de Philippe sur le compte de la maladie qui frappait les jeunes de Cap-aux-Heurs, j'ai pensé que c'était une erreur étrange de la part d'un médecin. Mais je me suis dit que ça devait être un signe: qu'il ne fallait pas que je révèle ce que je savais. Alors j'ai décidé de me taire et de garder le suicide de Philippe pour moi. J'ai pensé que tout le monde avait assez de peine comme ça.

«Je le sais que je n'avais pas vraiment le droit, mais vous étiez tous si tristes. Je trouvais ça inutile et absurde d'ajouter à votre chagrin en vous apprenant quelque chose qui, de toute façon, ne changerait rien à rien. Philippe resterait mort et, en plus de la tristesse, vous ressentiriez de la culpabilité. C'est sûr. Tout le monde réagit toujours comme ça lorsque quelqu'un s'enlève la vie. On se demande ce qu'on aurait dû, ce qu'on aurait pu faire. On se blâme. Je ne voulais pas vous faire vivre ça.»

Joëlle est appuyée au mur. Les bras croisés, elle regarde devant elle. Le nuage est passé, la lumière du soleil remplit à nouveau la chambre de Simon. Vaste et silencieuse.

— Joëlle, dis quelque chose! supplie Simon. Engueule-moi! Dis-moi que je suis une cruche, un cave, un égoïste qui ne comprend rien! Demande-moi pour qui je me prends, traite-moi de tous les noms si tu veux, lynche-moi avec des insultes, vide-toi le cœur en écrasant le mien, mais dis quelque chose!

Joëlle se précipite sur son jeune ami et celui-ci ferme les yeux dans l'attente des coups qui, croit-il, vont pleuvoir. Mais à sa grande surprise, elle le serre tendrement dans ses bras et lui murmure:

— Comme ça devait être dur de garder ça pour toi, tout ce temps-là.

Simon pleure doucement, libéré d'un poids qui lui pesait comme trois éternités.

— Je peux la lire? demande Joëlle au bout d'un moment.

— Es-tu sûre? Penses-tu être prête?

— Oh oui! répond la jeune fille. Si tu savais à quel point je suis prête!

— Derrière la cible sur la porte, répond Simon.

Joëlle se lève et décroche la cible de fléchettes accrochée sur la porte de la penderie. Elle sourit à la vue d'une petite photo de Gabriel Thibault, collée en plein centre.

Gabriel! Son arrivée avait été d'une importance capitale dans la tournure des événements à la polyclinique. Il avait réussi à persuader son grand-père du tort qu'il faisait autour de lui. Il avait fait montre d'un pouvoir de conviction, mais surtout d'une sensibilité qu'elle ne lui avait jamais soupçonnée. Mais en dépit de ces découvertes et des sentiments du jeune homme à son égard, Joëlle savait qu'aucune flamme nouvelle ne pourrait naître entre elle et lui. Cependant de telles qualités chez un ami étaient trop précieuses pour les négliger. Elle tâcherait d'y voir.

La lettre était collée à l'endos de la cible, retenue aux quatre coins par du ruban adhésif. Elle la détacha avec précaution et reconnut aussitôt, tout en lignes et en fions, la vilaine écriture de Philippe. Elle le taquinait souvent à ce sujet. «On dirait de l'arabe, ton écriture! Elle est assez dure à comprendre!» Et lui répondait: «Tant mieux! Ça empêche les gens de lire trop vite et de manquer l'essentiel...»

Joëlle s'est assise au bureau de Simon. Ses jambes sont molles comme si tout le sang s'en était retiré d'un coup. Son cœur veut absolument sortir de sa poitrine et il y parviendra sûrement d'ici dix à quinze secondes. Ses mains quant à elles, restent suspendues, tremblantes alors que la jeune fille éprouve tout à coup un sentiment de *déjà vu*. Prenant son courage à deux mains, elle entreprend la lecture du dernier message de Philippe.

Chers vous deux,
Je m'excuse, mais voilà quelque chose qu'on ne pourra pas faire à trois. Ce bus-là, je le prends tout seul. Ça fait long-temps que l'idée me travaille. Ce soir m'a semblé un bon soir. Joëlle, cet après-midi, on s'est juré qu'on s'aimerait toujours et j'ai encore le goût de ta salive dans ma

bouche. Simon, je viens de t'aider pour la cent-cinquantième fois à développer ta dissertation d'histoire des civilisations. Je suis en paix. Je pars en laissant quelque chose de beau en arrière. Juste, juste en arrière.

Je pense à une chanson de Cabrel: «Ce qui m'attend, je l'ai déjà vécu.» On dirait que c'est ça. Je ne suis pas triste, je ne suis pas gai, c'est juste que j'en veux plus de la vie. C'est tout.

Pourtant, mes parents ont tout fait pour que je sois heureux. Je le sais, je ne les accuse pas. Mes amis (vous deux surtout) m'ont toujours entouré, fait sentir que j'étais important. Je sais ça. Ce n'est pas ça qui n'a pas marché.

C'est le manque d'imprudence, je pense. J'imaginais la vie tellement différente. Tout m'a l'air si programmé, si maudite-ment parfaitement programmé qu'il n'y aura pas de surprise. Je le sais. Pas d'ex-plosion lumineuse. Il n'y a plus de hasard. Plus d'audace et plus assez de subversion. Rien. Un merveilleux et dégoûtant carrousel sur lequel on immole la vie un peu chaque jour. Beau et bien décoré, le carrousel, mais un hesti de merry-go-round pareil. Moi, j'en veux pas. J'en veux plus. Je le connais le maudit manège.

Et puis, il y a Cap-aux-Heurs...

Cap-aux-Heurs est la représentation toute crachée du style de vie auquel on me prépare. Tout y est prévu, donné avant même que la demande soit formulée. Pas de place pour le désir. Un vrai logiciel existentiel. Chaque chose a déjà une place; chaque réponse, sa question; chaque rêve, sa nécessité; chaque fantaisie, son utilité; chaque nourriture, sa faim. À Cap-aux-Heurs, on a résumé les plus grandes aspirations du monde en une série de zéros et de uns et on les a passés dans la grande machine.

Je regardais cet après-midi la fresque qu'on a faite l'an dernier avec Jacynthe, «Sans petite mentalité». La tendresse qui naît de la colère. C'est comme ça que je me sens par rapport à tout ce que j'ai ici. Tout me met hors de moi et en même temps je ressens beaucoup de tendresse pour la façon maladroite dont les gens cherchent à se protéger du vrai bonheur.

J'ai peur de ce qui s'en vient, vous savez, et c'est un sentiment qui m'exalte. Weird, hein?

Savez-vous que cette ville est l'une des plus belles sur le plan purement esthétique. Et à cause de ça, rien n'arrivera à y vivre. Et elle n'arrivera à rien vivre. Ça sentira jamais le pipi de chat entre deux édifices. Quelque chose a été prévu pour ça. On ne pourra pas traîner les rues par -30 degrés Celsius en maudissant la ville de ne pas avoir pensé une place où on pourrait moins se les geler. Quelque part a été prévu pour ça. On nous a même assigné des murs pour nos graffiti! Faut le faire!

On croit nous avoir offert le paradis. En fait, c'est l'enfer, les petits copains. La chute de l'ange du rêve et du désir. C'est l'enfer, mais un si bel enfer!

Je ne dis pas que j'aurais pas pu m'acclimater. Je dis rien que j'aurais pas pu me voir m'acclimater. Je suis pas de ce courant-là, c'est tout.

Surtout, prenez le pas personnellement. N'allez pas vous imaginer que c'est parce qu'au fond, je ne vous aimais pas assez. C'est peut-être justement parce que je vous aime trop que je n'ai pas envie de vous voir un jour aimer quelqu'un qui ne serait plus moi. Comprenez-vous ça?

Philippe x

Joëlle a plié la lettre et l'a déposée sur le bureau de Simon. Sans dire un mot, elle

318

marche vers le lit du garçon, se penche et pose doucement les lèvres sur son front.

— Merci, dit-elle.

Puis elle sort de sa chambre.

Dehors, il fait un temps splendide. Joëlle a envie de sourire à tout un chacun. Une paix et une sérénité inexprimable l'habitent enfin.

36

Elle ne s'attendait pas à autre chose. Devant la maison d'Étienne, une pancarte indique «À VENDRE — MAISON ET MEUBLES». Elle monte les marches et sonne. À tout hasard. Mais personne ne répond.

Elle redescend et emprunte l'avenue Boisclair. Après quelques minutes d'une promenade sans but, elle aperçoit sur sa gauche des ouvriers grimpés dans une échelle. Elle traverse à l'intersection pour voir ce qu'ils font. Ils changent un toponyme. Le boulevard Esculape devient le boulevard Aldège-Thibault. Joëlle rit encore en retraversant la rue.

Un chien vient lui japper une histoire incompréhensible. Elle le regarde, amusée.

Lui, tout content d'avoir été écouté, s'en va, la queue branlante, à la recherche d'un nouvel auditoire.

Une chargeuse-pelleteuse élève d'énormes bancs de neige. Le lourd véhicule achève de nettoyer le stationnement du centre culturel. Une nouvelle pièce prend l'affiche ce soir et tout doit être prêt pour la première. On a invité les sept rescapés du syndrome de Morel. On les assoira dans la loge d'honneur.

Tout à coup, surgie de nulle part, une BMW impeccablement brillante effleure, au carrefour, le pare-choc d'une rutilante Mercédès. Ni l'un ni l'autre des chauffeurs ne s'étaient arrêtés au feu. Pour la bonne raison qu'il était vert des quatre côtés. Les deux conducteurs endimanchés sont en colère et pestent contre la faillibilité et la non-fiabilité du système informatique qui contrôle le feu de circulation.

Joëlle ne dissimule pas, quant à elle, son amusement devant cet incident somme toute sans gravité.

Mais tranquillement, son petit rire cède la place à une franche hilarité.

Puis à un fou rire incontrôlable quand elle regarde le feu de circulation.

Elle rit, rit à s'en décrocher les mâchoires.

Au grand étonnement des deux hommes qui se grattent la tête, les lumières des quatre côtés clignotent maintenant tantôt rouge, tantôt jaune, tantôt vert, dans un scintillement digne des plus beaux arbres de Noël.

Et Joëlle voit dans chaque lumière qui s'allume et qui s'éteint, autant de clins d'œil amusés.

LOUIS
ÉMOND

E nseignant au primaire, vulgarisateur journalistique pour les 7-15 ans sur les ondes de *Vidéoway* et écrivain; Louis Émond partage son temps entre toutes ces passions et l'autre pôle important de sa vie: sa femme et leurs trois enfants.

Un si bel enfer est le second roman qu'il publie aux éditions Pierre Tisseyre. Son premier roman, *Taxi en cavale*, paru en 1992, a reçu un fort bel accueil de la critique et des jeunes lecteurs.

Après avoir écrit une pièce de théâtre pour la jeunesse intitulée *Comme une ombre* (publiée aux éditions Québec/Amérique) et après avoir terminé la correction d'une deuxième pièce, Louis Émond travaille présentement à un troisième roman ainsi qu'à un recueil de nouvelles.

Collection Conquêtes
dirigée par Robert Soulières

1. Aller ~~retour~~
de Yves Beauchesne et David Schinkel
Prix Cécile-Rouleau de l'ACELF 1986
Prix Alvine-Bélisle 1987

2. La vie est une bande dessinée
nouvelles de Denis Côté

3. La cavernale
de Marie-Andrée Warnant-Côté

4. Un été sur le Richelieu
de Robert Soulières

5. L'anneau du Guépard
nouvelles de Yves Beauchesne et David Schinkel

6. Ciel d'Afrique et pattes de gazelle
de Robert Soulières

7. L'affaire Léandre et autres nouvelles policières
de Denis Côté, Paul de Grosbois, Réjean Plamondon
Daniel Sernine et Robert Soulières

8. Flash sur un destin
de Marie-Andrée Clermont
en collaboration avec un groupe d'élèves

9. Casse-tête chinois
de Robert Soulières
Prix du Conseil des Arts du Canada, 1985

10. Châteaux de sable
de Cécile Gagnon

11. Jour blanc
de Marie-Andrée Clermont et Frances Morgan

12. Le visiteur du soir
de Robert Soulières
Prix Alvine-Bélisle 1981

13. Des mots pour rêver
anthologie de poésie de Louise Blouin

14. Le don
de Yves Beauchesne et David Schinkel
Prix du Gouverneur général 1987
Certificat d'honneur de l'Union internationale
pour les livres pour la jeunesse

15. Le secret de l'île Beausoleil
de Daniel Marchildon
Prix Cécile-Rouleau de l'ACELF 1988

16. Laurence
de Yves E. Arnau

17. Gudrid, la voyageuse
de Susanne Julien

18. Zoé entre deux eaux
de Claire Daignault

19. Enfants de la Rébellion
de Susanne Julien
Prix Cécile-Rouleau de l'ACELF 1988

20. Comme un lièvre pris au piège
de Donald Alarie

21 Merveilles au pays d'Alice
de Clément Fontaine

22. Les voiles de l'aventure
de André Vandal

23 Taxi en cavale
de Louis Émond

24. La bouteille vide
de Daniel Laverdure

25. La vie en roux de Rémi Rioux
de Claire Daignault

26. Ève Dupuis 16 ans et demi
de Josiane Héroux

27. Pelouses blues
de Roger Poupart

28. En détresse à New York
de André Lebugle

29. Drôle d'Halloween
nouvelles de Clément Fontaine

30. Du jambon d'hippopotame
de Jean-François Somain

31. Drames de coeur pour un deux de pique
de Nando Michaud

32. Meurtre à distance
de Susanne Julien

33. Le cadeau
de Daniel Laverdure

34. Double vie
de Claire Daignault

35. Un si bel enfer
de Louis Émond

36. Le secret le mieux gardé
de Jean-François Somain

en grand format

Le cercle violet
de Daniel Sernine
Prix du Conseil des Arts 1984

Les griffes de l'empire
de Camille Bouchard

Lithographié au Canada
sur les presses de
Metrolitho inc. – Sherbrooke